BONS DIAS

Machado de Assis

Bons Dias

Principis

Esta é uma publicação Principis, selo exclusivo da Ciranda Cultural
© 2021 Ciranda Cultural Editora e Distribuidora Ltda.

Texto
Machado de Assis

Editora
Michele de Souza Barbosa

Revisão
Fernanda R. Braga Simon

Produção editorial
Ciranda Cultural

Diagramação
Linea Editora

Design de capa
Ciranda Cultural

Imagens
alaver/shutterstock.com;
Vecton/shutterstock.com;
alex74/shutterstock.com;
Accent/shutterstock.com

Dados Internacionais de Catalogação na Publicação (CIP) de acordo com ISBD

A848r	Assis, Machado de
	Bons dias / Machado de Assis. - Jandira, SP : Principis, 2021.
	96 p. ; 15,50cm x 22,60cm. - (Clássicos da literatura).
	ISBN: 978-65-5552-631-8
	1. Literatura brasileira. 2. Sociedade. 3. Política. 4. Abolição. 5. Crônicas. I. Título.
2021-0123	CDD 869.8992 CDU 821.134.3(81)-34

Elaborado por Lucio Feitosa - CRB-8/8803

Índice para catálogo sistemático:
1. Literatura brasileira 869.8992
2. Literatura brasileira 821.134.3(81)-34

1ª edição em 2021
www.cirandacultural.com.br
Todos os direitos reservados.
Nenhuma parte desta publicação pode ser reproduzida, arquivada em sistema de busca ou transmitida por qualquer meio, seja ele eletrônico, fotocópia, gravação ou outros, sem prévia autorização do detentor dos direitos, e não pode circular encadernada ou encapada de maneira distinta daquela em que foi publicada, ou sem que as mesmas condições sejam impostas aos compradores subsequentes.

SUMÁRIO

1888 7

5 de abril 9

4 de maio 12

11 de maio 15

19 de maio 18

1º de junho 21

16 de junho 24

19 de junho 27

26 de junho 30

19 de julho 33

29 de julho 36

16 de setembro 38

28 de outubro 41

10 de novembro 44

18 de novembro 47

27 de dezembro 50

1889 53

13 de janeiro 55

21 de janeiro 58

13 de fevereiro 61

16 de fevereiro...64

27 de fevereiro...67

7 de março...70

19 de março...73

22 de março...76

30 de março...79

20 de abril...82

7 de junho..85

13 de agosto...88

22 de agosto...91

29 de agosto...94

1888

1888

5 DE ABRIL

BONS DIAS!

Hão de reconhecer que sou bem-criado. Podia entrar aqui, chapéu à banda, e ir logo dizendo o que me parecesse; depois ia-me embora, para voltar na outra semana. Mas não, senhor; chego à porta, e o meu primeiro cuidado é dar-lhe os bons dias. Agora, se o leitor não me disser a mesma coisa em resposta, é porque é um grande malcriado, um grosseirão de borla e capelo; ficando, todavia, entendido que há leitor e leitor, e que eu, explicando-me com tão nobre franqueza, não me refiro ao leitor que está agora com este papel na mão, mas ao seu vizinho. Ora bem!

Feito esse cumprimento, que não é do estilo, mas é honesto, declaro que não apresento programa. Depois de um recente discurso proferido no Beethoven, acho perigoso que uma pessoa diga claramente o que é que vai fazer; o melhor é fazer calado. Nisto pareço-me com o príncipe (sempre é bom parecer-se a gente com príncipes, em alguma coisa, dá certa dignidade, e faz lembrar um sujeito muito alto e loiro parecidíssimo com o imperador, que há cerca de trinta anos ia a todas as festas da Capela Imperial, *pour étonner de bourgeois;* os fiéis levavam a olhar para um e para outro, e a compará-los, admirados, e ele teso, grave, movendo a cabeça à maneira de Sua Majestade. São gostos.) de Bismark. O príncipe de Bismark tem feito tudo sem programa público; a única orelha que o ouviu foi a do finado imperador – e talvez só a direita, com ordem de o não repetir à esquerda. O parlamento e o país viram só o resto.

Deus fez programa, é verdade ("E Deus disse: Façamos o homem à nossa imagem e semelhança, para que presida", etc. *Gênesis,* I, 26), mas é preciso ler esse programa com muita cautela. Rigorosamente, era um modo de persuadir ao homem a alta linhagem de seu nariz. Sem aquele texto, nunca o homem atribuiria ao Criador nem a sua gaforinha, nem a sua fraude. É certo que a fraude, e, a rigor, a gaforinha são obras do diabo, segundo as melhores interpretações; mas não é menos certo que essa opinião é só dos homens bons; os maus creem-se filhos do céu – tudo por causa do versículo da Escritura.

Portanto, bico calado. No mais é o que se está vendo; cá virei uma vez por semana com o meu chapéu na mão, e os *bons dias* na boca. Se lhes disser desde já que não tenho papas na língua, não me tomem por homem despachado, que vem dizer coisas amargas aos outros. Não, senhor, não tenho papas na língua, e é para vir a tê-las que escrevo. Se as tivesse, engolia-as e estava acabado. Mas aqui está o que é, eu sou um pobre relojoeiro, que, cansado de ver que os relógios deste mundo não marcam a mesma hora, descri do ofício. A única explicação dos relógios era serem iguaizinhos, sem discrepância: desde que discrepam, fica-se sem saber nada, porque tão certo pode ser o meu relógio, como o do meu barbeiro.

Um exemplo. O Partido Liberal, segundo li, estava encasacado e pronto para sair com o relógio na mão, porque a hora pingava. Faltava-lhe só o chapéu, que seria o chapéu Dantas, ou o chapéu Saraiva (ambos da chapelaria Aristocrata): era só pô-lo na cabeça, e sair. Nisto passa o carro do paço com outra pessoa, e ele descobre que ou o seu relógio está adiantado, ou o de Sua Alteza é que se atrasara. Quem os porá de acordo?

Foi por essas e outras que descri do ofício; e, na alternativa de ir à fava ou ser escritor, preferi o segundo alvitre; é mais fácil e vexa menos. Aqui me

BONS DIAS

terão, portanto, com certeza até à chegada do Bendegó, mas provavelmente até à escolha do senhor Guaí, e talvez mais tarde. Não digo mais nada para os não aborrecer, e porque já me chamaram para o almoço.

Talvez o que aí fica saia muito curtinho depois de impresso. Como eu não tenho hábito de periódicos, não posso calcular entre a letra de mão e a letra de fôrma. Se aqui estivesse o meu amigo Fulano (não ponho o nome, para que cada um tome para si esta lembrança delicada), diria logo que ele só pode calcular com letras de câmbio – trocadilho que fede como o diabo. Já falei três vezes no diabo em tão poucas linhas, e mais esta, quatro; é demais.

BOAS NOITES.

4 DE MAIO

BONS DIAS!

... Desculpem se lhes não tiro o chapéu: estou muito constipado. Vejam; mal posso respirar. Passo as noites de boca aberta. Creio até que estou abatido e magro. Não? Estou: olhem como fungo. E não é de autoridade, note-se; *ex autoritate qua fungor*, não, senhor; fungo sem a menor sombra de poder, fungo à toa...

Entretanto, se alguma vez precisei estar em perfeita saúde, é agora, por várias razões. Citarei duas:

A primeira é a abertura das câmaras. Realmente, deve ser solene. O discurso da princesa, o anúncio da lei de abolição, as outras reformas, se as há, tudo excita curiosidade geral, e naturalmente pede uma saúde de ferro. O meu plano era simples; metia-me na casaca. E ia para o Senado arranjar um lugar, donde visse a cerimônia, deputações, recepção, discurso. Infelizmente, não posso; o médico não quer, diz-me que, por esses tempos úmidos, é arriscado sair de casa; fico.

A segunda razão da saúde que eu desejava ter agora prende com a primeira. Já o leitor adivinhou o que é. Não se pode conversar nada assim, mais

BONS DIAS

encobertamente, que ele não perceba logo e não descubra. É isso mesmo; é a política do Ceará. Era outro plano meu; entrava pelo Senado, e ia ter com o senador cearense Castro Carreira, e dizia-lhe mais ou menos isto:

– Saberá Vossa Excelência que eu não entendo patavina dos partidos do Ceará.

– Com efeito...

– Eles são dois, mas quatro; ou, mais acertadamente, são quatro, mas dois.

– Dois em quatro.

– Quatro em dois.

– Dois, quatro.

– Quatro, dois.

– Quatro.

– Dois.

– Dois.

– Quatro.

– Justamente.

– Não é?

– Claríssimo.

Dadas estas explicações, pediria ao senhor doutor Castro Carreira que me desse algumas notícias mais individuais dos grupos Aquirás e Ibiapaba... Sua Excelência, com fastio.

– Notícias individuais? Homem, eu não sei política individualista; eu só vejo os princípios.

– Bem, os princípios. Sabe que o grupo Aquirás, com um troço liberal, tomaram conta da mesa: mas o grupo Ibiapaba acudiu com outro troço liberal, e puseram água na fervura. Quais são os princípios?

– Os primeiros de todos devem ser os da boa educação, sem os quais não há boa política. Dai-me boa educação, e eu vos darei boa política, diria o Barão Louis. São os primeiros de todos os princípios.

– Os segundos...

– Os segundos são os comuns, ou que o devem ser a todos os partidários, quaisquer que sejam as denominações particulares; refiro-me ao bem da província. É o terreno em que todos se podem conciliar.

– De acordo; mas o que é que os separa?

– Os princípios.

– Que princípios?

– Não há outros; os princípios.

– Mas Aquirás é um título, não é um princípio; Ibiapaba também é um título.

– Há entre o céu e a terra mais acumulações do que sonha a vossa vã filosofia...

– Pode ser, mas isto ainda não me explica a razão desta mistura ou troca de grupos, parecendo melhor que se fundissem de uma vez com os antigos adversários. Não lhe parece?

– O que me parece é que a princesa vem chegando.

Corríamos à janela; víamos que não, continuávamos o diálogo, a *entrevista,* à maneira americana, para trazer os meus leitores informados das coisas e pessoas. O meu interlocutor, vendo que não era a promessa, olhava para mim, esperando. Pouco ou nenhum interesse no olhar; mas é ditado velho que quem vê cara não vê corações. Certo fastio crescente. Princípio de desconfiança de que eu sou mandado pelo diabo. Gesto vago de cruzes...

– Há os Rodrigues, os Paulas, os Aquirases, os Ibiapas; há os...

– Agora creio que é a princesa. Estas trombetas... É ela mesma, adeus, sou da deputação... Apareça aqui pelo Senado... No Senado, não há dúvidas...

Mas eu pegava-lhe na mão, e não vinha embora sem alguns esclarecimentos. Tudo perdido, por causa de uma coriza dos diabos. Agora ou nunca... chegaríamos a entender aqueles grupos; e perde-se esta ocasião única por tua causa, infame catarro, monco pérfido!... Tuah! Vou meter-me na cama.

BOAS NOITES.

11 DE MAIO

BONS DIAS!

    Vejam os leitores a diferença que há entre um homem de olho aberto, profundo, sagaz, próprio para remexer o mais íntimo das consciências (eu, em suma), e o resto da população.
    Toda a gente contempla a procissão na rua, as bandas e bandeiras, o alvoroço, o tumulto, e aplaude ou censura, segundo é abolicionista ou outra coisa, mas ninguém dá a razão desta coisa ou daquela coisa; ninguém arrancou aos fatos uma significação e, depois, uma opinião. Creio que fiz um verso.
    Eu, pela minha parte, não tinha parecer. Não era por indiferença: é que me custava a achar uma opinião. Alguém me disse que isto vinha de que certas pessoas tinham duas e três, e que naturalmente esta injusta acumulação trazia a miséria de muitos, pelo que era preciso fazer uma grande revolução econômica, etc. Compreendi que era um socialista que me falava, e mandei-o à fava. Foi outro verso, mas vi-me livre de um amolador. Quantas vezes me não acontece o contrário!

MACHADO DE ASSIS

Não foi o ato das alforrias em massa dos últimos dias essas alforrias *incondicionais*, que vêm cair como estrelas no meio da discussão da lei da abolição. Não foi; porque esses atos são de pura vontade, sem a menor explicação. Lá que eu gosto de liberdade, é certo; mas o princípio da propriedade não é menos legítimo. Qual deles escolheria? Vivia assim como uma peteca (salvo seja), entre as duas opiniões, até que a sagacidade e profundeza de espírito com que Deus quis compensar a minha humildade me indicou a opinião racional e os seus fundamentos.

Não é novidade para ninguém que os escravos fugidos em Campos eram alugados. Em Ouro Preto fez-se a mesma coisa, mas por um modo mais particular. Estavam ali muitos escravos fugidos. Escravos, isto é, indivíduos que, pela legislação em vigor, eram obrigados a servir a uma pessoa; e fugidos, isto é, que se haviam subtraído ao poder do senhor contra as disposições legais. Esses escravos fugidos não tinham ocupação; lá veio, porém, um dia em que acharam salário, e parece que bom salário.

Quem os contratou? Quem é que foi a Ouro Preto contratar com esses escravos fugidos aos fazendeiros A, B, C? Foram os fazendeiros D, E, F. Estes é que saíram a contratar aqueles escravos de outros colegas, e os levaram consigo para as suas roças.

Não quis saber mais nada; desde que os interessados rompiam assim a solidariedade do direito comum é que a questão passava a ser de simples luta pela vida, e eu, em todas as lutas, estou sempre do lado do vencedor. Não digo que este procedimento seja original, mas é lucrativo. Alguns não me compreenderam (porque há muito burro neste mundo); alguém chegou a dizer-me que aqueles fazendeiros fizeram aquilo não porque não vissem que trabalhavam contra a própria causa, mas para pregar uma peça ao Clapp.

Imagina-se bem se arregalei os olhos.

– Sim, senhor. Saiba que o Clapp tinha o plano feito de ir a Ouro Preto pegar os tais escravos e restituí-los aos senhores, dando-lhes ainda uma pequena indenização do seu bolsinho, e pagando ele mesmo a sua passagem da estrada de ferro. Foi por isso que…

– Mas então quem é que está aqui doido?

BONS DIAS

– É o senhor; o senhor é que perdeu o pouco juízo que tinha. Aposto que não vê que anda alguma coisa no ar.

– Vejo, creio que é um papagaio.

– Não, senhor; é uma república. Querem ver que também não acredita que esta mudança é indispensável?

– Homem, eu a respeito de governo estou com Aristóteles, no capítulo dos chapéus. O melhor chapéu é o que vai bem à cabeça. Este, por ora, não vai mal.

– Vai pessimamente. Está saindo dos eixos; é preciso que isto seja, se não com a monarquia, ao menos com a república, aquilo que dizia o *Rio-Post* de 21 de junho do ano passado. Você sabe alemão?

– Não.

– Não sabe alemão?

E, dizendo-lhe eu outra vez que não sabia, ele, imitando o médico de Molière, dispara-me na cara esta algaravia do diabo:

– *Es dürft leicht zu erweisen sein, dass Brasilien weniger eine kontitutionelle Monarchie als eine absolute Oligarchie ist.*

– Mas que quer isto dizer?

– Que é deste último tronco que deve brotar a flor.

– Que flor?

BOAS NOITES.

19 DE MAIO

BONS DIAS!

Eu pertenço a uma família de profetas *après coup, post factum*, depois do gato morto, ou como melhor nome tenha em holandês. Por isso digo, juro, se necessário for, que toda a história desta lei de 13 de maio estava por mim prevista, tanto que na segunda-feira, antes mesmo dos debates, tratei de alforriar um molecote que tinha, pessoa de seus dezoito anos, mais ou menos. Alforriá-lo era nada; entendi que perdido por mil, perdido por mil e quinhentos, e dei um jantar.

Neste jantar, a que meus amigos deram o nome de banquete, em falta de outro melhor, reuni umas cinco pessoas, conquanto as notícias dissessem trinta e três (anos de Cristo), no intuito de lhe dar um aspecto simbólico.

No golpe do meio (*coupe do milieu*, mas eu prefiro falar a minha língua) levantei-me eu com a taça de champanhe e declarei que, acompanhando as ideias pregadas por Cristo há dezoito séculos, restituía a liberdade ao meu escravo Pancrácio; que entendia que a nação inteira devia acompanhar as mesmas ideias e imitar o meu exemplo; finalmente, que a liberdade era um dom de Deus que os homens não podiam roubar sem pecado.

BONS DIAS

Pancrácio, que estava à espreita, entrou na sala, como um furacão, e veio abraçar-me os pés. Um dos meus amigos (creio que é ainda meu sobrinho) pegou de outra taça e pediu à ilustre assembleia que correspondesse ao ato que acabava de publicar brindando ao primeiro dos cariocas. Ouvi cabisbaixo: fiz outro discurso agradecendo, e entreguei a carta ao molecote. Todos os lenços comovidos apanharam as lágrimas de admiração. Caí na cadeira e não vi mais nada. De noite, recebi muitos cartões. Creio que estão pintando o meu retrato, e suponho que a óleo.

No dia seguinte, chamei o Pancrácio e disse-lhe com rara franqueza:

– Tu és livre, podes ir para onde quiseres. Aqui tens casa amiga, já conhecida, e tens mais um ordenado, um ordenado que…

– Oh! Meu senhô!

– Um ordenado pequeno, mas que há de crescer. Tudo cresce neste mundo: tu cresceste imensamente. Quando nasceste eras um pirralho deste tamanho; hoje estás mais alto que eu. Deixa ver; olha, és mais alto quatro dedos…

– Artura não qué dizê nada, não, senhô…

– Pequeno ordenado, repito, uns seis mil-réis: mas é de grão em grão que a galinha enche o seu papo. Tu vales muito mais que uma galinha.

– Justamente. Pois seis mil-réis. No fim de um ano, se andares bem, conta com oito. Oito ou sete.

Pancrácio aceitou tudo: aceitou até um peteleco que lhe dei no dia seguinte, por me não escovar bem as botas; efeitos da liberdade. Mas eu expliquei-lhe que o peteleco, sendo um impulso natural, não podia anular o direito civil adquirido por um título que lhe dei. Ele continuava livre, eu, de mau humor; eram dois estados naturais, quase divinos.

Tudo compreendeu o meu bom Pancrácio: daí para cá, tenho-lhe despedido alguns pontapés, um ou outro puxão de orelhas, e chamo-lhe besta quando lhe não chamo filho do diabo; coisas todas que ele recebe humildemente, e (Deus me perdoe!) creio que até alegre.

O meu plano está feito; quero ser deputado, e, na circular que mandarei aos meus eleitores, direi que, antes, muito antes de abolição legal, já eu em casa, na modéstia da família, libertava um escravo, ato que comoveu a toda a gente que dele teve notícia; que esse escravo, tendo aprendido a ler, escrever e contar (simples suposição), é então professor de filosofia no Rio das Cobras: que os homens puros, grandes e verdadeiramente políticos não são os que obedecem à lei, mas os que se antecipam a ela, dizendo ao escravo: *és livre*, antes que o digam os poderes públicos, sempre retardatários, trôpegos e incapazes de restaurar a justiça na terra, para satisfação do céu.

BOAS NOITES.

1º DE JUNHO

BONS DIAS!

    Agora fale o senhor, que eu não tenho nada mais que lhe dizer. Já o saudei, graças à boa criação que Deus me deu, porque isto de criação, se a natureza não ajuda, é escusado trabalho humano. Eu, em menino, fui sempre um primor de educação. Criou-me uma ama, escrava; e, apesar de escrava e ama, nunca lhe pus a boca no seio para mamar.
    – Mas, Policarpo, tu tens direito a ser aleitado, e depois é obrigação da escrava alugada. Em vão chorava, a Florinda corria, desabotoava o corpinho, punha o seio de fora, e eu, por mais fome que tivesse, não lhe pegava sem pedir licença. Pedia por gesto; parece que era um gesto de olhos…
    Aos cinco anos (era em 1831), como já sabia ler, davam-nos no colégio *A pátria*, pouco antes fundada pelo senhor Carlos Bernardino de Moura, com as mesmas doutrinas políticas que ainda hoje sustenta. A minha alma, que nunca se deu com política, dormia que era um gosto; mas os olhos não, esses iam por ali fora, risonhos, aprobatórios.
    Agora mesmo, lendo naquela folha que o governo é que deu o dinheiro com que os jornais fizeram as festas abolicionistas, pensam que, se tivesse

de explicar-me, fá-lo-ia como a comissão da imprensa; não; seria grosseiro. Nunca se deve desmentir ninguém. Eu diria que sim, que era verdade, que o governo tinha pago tudo, as festas e uns aluguéis atrasados da casa do Sousa Ferreira, que para isso mesmo é que fora contratado o último empréstimo em Londres, que o Serzedelo, à custa do mesmo dinheiro, tinha reformado o pau moral; que as botinas novas do Pederneiras não tinham outra origem; e que o nosso amigo e chefe José Telha, precisando de uma casaca para ir ao Coquelin, é que se meteu naquelas manifestações. O redator ouvia tudo satisfeito; e no dia seguinte começava assim o editorial: "Conforme havíamos previsto" (o resto como em 1844).

Podia citar casos honrosíssimos, como prova de boa criação. Um deles nunca me há de esquecer, e é fresquinho.

Estando há dias a almoçar com alguns amigos, percebi que alguma coisa os amargurava. Não gosto de caras tristes, como não gosto delas alegres – um meio-termo entre o Caju e o Recreio Dramático e o que vai comigo. Senão quando, com um modo delicado, perguntei o que é que tinham. Calaram-se, eu, como manda a boa criação, calei-me também e falei de outra coisa. Foi o mesmo que se os convidasse a pôr tudo em pratos limpos. Tratando-se de meu almoço, era condição primordial.

Um dos convivas confessou que no meio das festas abolicionistas não aparecia o seu nome, outro, que era G dele que não aparecia outro que era o dele, e todos que os deles. Aqui é que eu quisera ser um homem malcriado. O menos que diria a todos é que eles tanto trabalharam para a abolição dos escravos como para a destruição de Nínive, ou para a morte de Sócrates... Eu, com uma sabedoria só comparável à deste filósofo, respondi que a história era um livro aberto, e a justiça a perpétua, vigilante. Um dos convivas, dado a frases, gostou da última, pediu outra e um cálice de Alicante. Respondi, servindo o vinho, que as reparações póstumas eram mais certas que a vida, e mais indestrutíveis que a morte. Da primeira vez fui vulgar; da segunda, creio que obscuro; de ambas, sublime e bem-criado.

Em linguagem chã, todos eles queriam ir à Glória sem pagar o bonde; creio que fiz um trocadilho. De mim, confesso que lá iria, se pudesse, com

BONS DIAS

a mesma economia; mas, não havendo outro meio, pago o tostãozinho, e paro à porta do Club Beethoven, que anda agora em tais alturas, que já foi citado pela boca de eminente cidadão... Hão de concordar que este período vai um pouco embrulhado, mas não devo desembrulhá-lo; seria constipar a minha ideia.

Podia citar outros muitos casos de boa criação, realmente exemplares. Nunca dei piparotes nas pessoas que não conheço, não limpo a mão à parede, não vou bugiar, que é ofício feio, e ando sempre com tal cautela, que não piso os calos aos vizinhos. Tiro o chapéu, como fiz agora ao leitor; e dei-lhe os bons dias do costume. Creio que não se pode exigir mais. Agora, o leitor que diga alguma coisa, se está para isso, ou não diga nada, e boas noites.

16 DE JUNHO

BONS DIAS!

Recebi um requerimento, que me apresso em publicar com o despacho que lhe dei:

> Aos pés de Vossa Excelência vai o abaixo-assinado pedir a coisa mais justa do mundo.
> Rogo me preste atenção por alguns instantes; não quero tomar o precioso tempo de Vossa Excelência.
> Não ignora Vossa Excelência que, desde que nasci, nunca me furtei ao trabalho. Nem quero saber quem me chama, se é pessoa idônea ou não; uma vez chamado, corro ao serviço. Também não indago do serviço: pode ser político, literário, filosófico, industrial, comercial, rural, seja o que for, uma vez que é serviço, lá estou. Trato com ministros e amanuenses, com bispos e sacristães sem a menor desigualdade.
> Cheguei até (e digo isto para mostrar atestados de tal ou qual valor que tenho), cheguei a fazer aposentar alguns colegas, que,

antes de mim, distribuíam o trabalho entre si, distinguindo-se um, outro sobressaindo, outro pondo em relevo alguma qualidade particular. Não digo que houvesse injustiça na aposentação: estavam cansados, esta é a verdade. E para a gente de minha classe a fadiga estrompa e até mata.

Ficando eu com o serviço de todos, naturalmente tinha muito que acudir, e repito a Vossa Excelência que nunca faltei ao dever. Não tenho presunção de bonito, mas sou útil, ajusto-me às circunstâncias e sei explicar as ideias.

Não é trabalho, mas o excesso de trabalho que me tem cansado: um pouco, e receio muito que me aconteça o que se deu com os outros. Isto de se fiar uma pessoa no carinho alheio, na generalidade dos afetos, é erro grave. Quando menos espera lá se vai tudo, chega alguma pessoa nova e (deixe Vossa Excelência lá falar o João) ambas as mãos da experiência não valem um dedinho só da juventude.

Mas vamos ao pedido. O que eu impetro da bondade de Vossa Excelência (se está na sua alçada) é uma licença por dois meses, ainda que seja sem ordenado; mas com ordenado seria melhor, porque há despesas a que acudir, a fim de ir às águas de Caxambu. Seria melhor, mas não faço questão disso; o que me importa é a licença, só por dois meses; no fim deles verá que volto robusto e disposto para tudo e mais alguma coisa.

Peço pouco, apenas um pouco de descanso. Deus, feito o mundo, descansou no sétimo dia. Pode ser que não fosse por fadiga, mas para ver se não era melhor converter a sua obra ao caos; em todo o caso, a Escritura fala de descanso, e é o que me serve. Se o Supremo Criador não pode trabalhar sem repousar um dia depois de seis, quanto mais este criado de Vossa Excelência?

Não faltará quem conclua (mas não será o grande espírito de Vossa Excelência) que, se eu algum direito tenho a uma herança, maiores e infinitos têm outros colegas, cujo trabalho é constante,

ininterrupto e secular. Há aqui um sofisma que se destrói facil-
mente. Nem eu sou da classe da maior parte de tais companheiros,
verdadeira plebe, para quem uma lei de 13 de maio seria a morte
da lavoura (do pensamento); nem os da minha categoria têm a minha idade, e, de mais a mais, revezam-se a miúdo, ao passo que
eu suo e tressuo sem respirar.

Contando receber mercê, subscrevo-me, com elevada conside-
ração, de Vossa Excelência admirador e obrigado verbo Salientar.

O despacho foi este:

Conquanto o suplicante não junte documentos do que alega,
é, todavia, de notoriedade pública o seu zelo e prontidão em bem
servir a todos. A licença, porém, só lhe pode ser concedida por um
mês, embora com ordenado, porque, trabalhando as câmaras legislativas, mais que nunca é necessária a presença do suplicante,
cujo caráter e atividade, legítima procedência e brilhante futuro
folgo em reconhecer e fazer públicos. Se tem trabalhado muito, é
preciso dizer, por outro lado, que o trabalho é a lei da vida e que sem
este o suplicante não teria hoje a posição culminante que alcançou e na qual espero que se conservará honrosamente por longos
anos, como todos havemos mister. Lavre-se portaria, dispensados
os emolumentos.

BOAS NOITES.

19 DE JUNHO

BONS DIAS!

Não gosto de ver censuras injustas. Há dias, um eminente senador disse que a Câmara dos Deputados era a câmara de dois domingos, e disse a verdade, porque ali um sábado e um domingo são a mesma coisa. Não a censurou por isso, entretanto, mas por adiar para o sábado os requerimentos, isto é, mandar-lhes o laço de seda com que eles se enforquem logo.

Sejamos justos. A Câmara, não fazendo sessão aos sábados, obedece a um alto fim político: imitar a Câmara dos Comuns ingleses, que nesse dia também repousa. Deste modo, aproxima-nos da Inglaterra, *berço das liberdades parlamentares*, como dizia um mestre que tive e que me ensinou as poucas ideias com que vou acudindo as misérias da vida. Dele é que herdei *a espada rutilante da injustiça* – o *timeos Danaos* –, o devolvo-lhe intacta a injúria, e outros vinténs mais ou menos magros.

Dir-me-ão que os comuns ingleses descansam no sábado porque ficam estafados das sessões de oito, nove e dez horas, que é o tempo que elas duram nos demais dias.

É verdade; mas cumpre observar que os comuns começam a trabalhar de tarde e vão pela noite dentro, depois de terem gastado a primeira parte do dia nos seus próprios negócios. Deste modo estão livres e prontos para ir até a madrugada, se preciso for. Trabalham com a fresca, despreocupados, tranquilos. Não acontece o mesmo conosco. As nossas sessões parlamentares começam ao meio-dia, hora de calor, sem dar tempo a fazer alguma coisa particular; e depois o clima é diferente. Nem já agora é possível tornar aos sábados. O senhor Barão de Cotegipe disse que desde 1826 dormem projetos de lei nas pastas das comissões do Senado; com os requerimentos da Câmara deve acontecer a mesma coisa, mas suponhamos que só começam em 1876...

Censuras não faltam. Já ouvi censurar um dos nossos costumes parlamentares que justamente mais me comovem; refiro-me ao de levantar a sessão quando morre algum dos membros da casa. A notícia é dada por um deputado ou senador, que faz um discurso, pondo em relevo as qualidades do finado. Às vezes o defunto não prestou ao Estado o menor serviço; não importa, essa é justamente a beleza do sistema democrático e de igualdade que deve reger, mais que todos os corpos legislativos. Para o parlamento, como para a morte, como para a Constituição, todos são legisladores, todos merecem igual cortesia e piedade.

Os censuradores alegam que este uso não existe em parte nenhuma, fora daqui. O argumento Aquiles (como me diria o citado mestre) é que, tendo sido as câmaras inventadas para tratar dos negócios públicos, a morte de um de seus membros deve pesar menos, muito menos, que o dever social. Daí o discurso em que o presidente deve noticiar a morte, com palavras de saudade, e passar à ordem do dia.

Os preconizadores de hábitos peregrinos chegam a citar o que agora mesmo se deu no parlamento da Inglaterra, quando chegou a notícia da morte do genro da rainha, que não era membro da Câmara dos Lordes, mas podia sê-lo, se não fosse imperador da Alemanha. A notícia foi comunicada a ambas as câmaras por um ministro, respondeu-lhe o líder da

Bons dias

oposição, e continuaram os trabalhos, durando os da Câmara até às duas da madrugada.

Mas quem não vê que nem o exemplo nem o argumento servem ao nosso caso?

Quanto ao exemplo, basta considerar que, posto que o imperador fosse um digno e grande homem, não era membro ele de nenhuma das casas. Fizeram-se mensagens à rainha e à imperatriz.

Além disso, pode ser que, realmente, nesse dia houvesse negócios urgentes. Digo isto porque o discurso do ministro na Câmara dos Lordes, respeitoso e grave, ocupa apenas doze linhas no *Times*, e o da oposição, onze. Na dos Comuns, o do ministro tem nove linhas; o da oposição, oito. Cabe ainda notar que ninguém mais falou. Finalmente dali em diante proferiram-se na Câmara dos Comuns, sobre diversos projetos, mais de cinquenta discursos.

Quanto ao argumento, não há nada mais falho. É certo que as câmaras foram criadas para curar principalmente dos negócios públicos; mas onde é que constituições escritas revogaram leis do coração humano? Podem transtorná-las, e certo, como na dura Inglaterra, na França inquieta, na Itália ambiciosa; mas tais são as nossas condições. Demais, a veneração dos mortos cimenta a amizade dos vivos.

Ponhamo-nos de acordo. Se a Câmara não faz sessão aos sábados, para acompanhar a dos Comuns –, aqui del-rei. Se não acompanha a dos Comuns, e se vai embora, sempre que morre algum membro terá igual censura. Ponhamo-nos de acordo.

BOAS NOITES.

26 DE JUNHO

BONS DIAS!

Eu, se tivesse crédito na praça, pedia emprestados a casamento uns vinte contos de réis, e ia comprar libertos. Comprar libertos não é expressão clara; por isso continuo.

Conhece o leitor um livro do célebre Gógol, romancista russo, intitulado *Almas mortas*? Suponhamos que não conhece, que é para eu poder expor a semente da minha ideia. Lá vai em duas palavras.

Chamam-se almas os campônios que lavram as terras de um proprietário, e pelos quais, conforme o número, paga este uma taxa ao Estado. No intervalo do lançamento do imposto, morrem alguns campônios e nascem outros. Quando há déficit, como o proprietário tem de pagar o número registrado, primeiro que se faça outro recenseamento, chamam-se *almas mortas* os campônios que faltam.

Tchitchikof, um espertalhão da minha marca, ou talvez maior, lembra-se de comprar as almas mortas de vários proprietários. Bom negócio para os proprietários, que vendiam defuntos ou simples nomes por dez réis de mel coado. Tchitchikof, logo que arranjou umas mil almas mortas, registrou-as

Bons dias

como vivas, pegou dos títulos do registro, e foi ter a um Monte de Socorro, que, à vista dos papéis legais, adiantou ao suposto proprietário uns duzentos mil rublos; Tchitchikof meteu-os na mala e fugiu para onde a polícia russa o não pudesse alcançar.

Creio que entenderam; vejam agora o meu plano, que é tão fino como esse, e muito mais honesto. Sabem que a honestidade é como a chita: há de todo preço, desde meia-pataca.

Suponha o leitor que possuía duzentos escravos no dia 12 de maio, e que os perdeu com a lei de 13 de maio. Chegava eu ao seu estabelecimento, e perguntava-lhe:

– Os seus libertos ficaram todos?

– Metade só; ficaram cem. Os outros cem dispersaram-se; consta-me que andam por Santo Antônio de Pádua.

– Quer o senhor vender-mos?

Espanto do leitor; eu, explicando:

– Vender-mos todos, tanto os que ficaram como os que fugiram.

O leitor, assombrado:

– Mas, senhor, que interesse pode ter o senhor…

– Não lhe importe isso. Vende-mos?

– Libertos não se vendem.

– É verdade, mas a escritura de venda terá a data de 29 de abril; nesse caso, não foi o senhor que perdeu os escravos, fui eu. Os preços marcados na escritura serão os da tabela da lei de 1885 – mas eu realmente não dou mais de dez mil-réis por cada um.

Calcula o leitor:

– Duzentas cabeças a dez mil-réis são dois contos. Dois contos por sujeitos que não valem nada, porque já estão livres, é um bom negócio.

Depois, refletindo:

– Mas, perdão, o senhor leva-os consigo?

– Não, senhor: ficam trabalhando para o senhor; eu só levo escritura.

– Que salário pede por eles?

Machado de Assis

– Nenhum, pela minha parte; ficam trabalhando de graça. O senhor pagar-lhes-á o que já paga.

Naturalmente, o leitor, à força de não entender, aceitava o negócio. Eu ia a outro, depois a outro, depois a outro, até arranjar quinhentos libertos, que é até onde podiam ir os cinco contos emprestados, recolhia-me à casa, e ficava esperando.

Esperando o quê? Esperando a indenização, com todos os diabos. Quinhentos libertos, a trezentos mil-réis, termo médio, eram cento e cinquenta contos; lucro certo: cento e quarenta e cinco.

Porquanto, isto de indenização, dizem uns que pode ser que sim, outros, que pode ser que não: é por isso que eu pedia o dinheiro do casamento. Dado que sim, pagava e casava (com a leitora, por exemplo); dado que não, ficava solteiro e não perdia nada, porque o dinheiro era de outro. Confessem que era um bom negócio.

Eu até desconfio que há já quem faça isto mesmo, com a diferença de ficar com os libertos. Sabem que, no tempo da escravidão, os escravos eram anunciados com muitos qualificativos honrosos, perfeitos cozinheiros, ótimos copeiros, etc. Era, com outra fazenda, o mesmo que fazem os vendedores, em geral: superiores morins, lindas chitas, soberbos cretones. Se os cretones, as chitas e os escravos se anunciassem, não poderiam fazer essa justiça a si mesmos.

Ora, li ontem um anúncio em que se oferece a aluguel, não me lembra em que rua – creio que na do Senhor dos Passos –, uma *insigne* engoma-deira. Se é falta de modéstia, eis aí um dos tristes frutos da liberdade, mas se é algum sujeito que já se me antecipou…

Larga, Tchitchikof de meia-tigela! Ou então vamos fazer o negócio a meias.

BOAS NOITES.

19 DE JULHO

BONS DIAS!

Quem me não fez bei de Tunes cometeu um desses erros imperdoáveis, que bradam aos céus.

Suponhamos por um instante que eu era bei de Tunes. Antes de mais nada, tinha prazer de viver em Tunes, que é um dos mais desenfreados desejos. Depois, não entendia nada do que me dissessem, nem os outros me entendiam, e, para estabelecer relações cordiais, não há melhor caminho. O senhor Von Stein fez-se amigo dos índios do Xingu recitando versos de Goethe.

Não perderia o gosto cá do Rio, porque levaria naturalmente assinaturas de jornais; leria tudo, a questão da revista cível nº 10.893, o imortal processo da Bíblia, os debates do parlamento, os manifestos políticos, etc.; quando alguma coisa me parecesse dita ou escrita em dialeto barbaresco, teria o meu colégio de intérpretes, que me explicaria tudo.

Não indo mais longe, acabo de ler no discurso do senhor Senador Leão Veloso uma frase que, se eu estivesse em Tunes, não lhe perderia o sentido. Sua Excelência declarou que a vitaliciedade do cargo não o segregou daqueles que o elegeram. Ora, os que o elegeram vão morrendo e hão de ir morrer todos, como já devem ter morrido os que elegeram o senhor Visconde do Serro Frio. Como é que não há segregação! Há e é uma das vantagens da instituição. Se em 1871 os senhores Silveira Martins e Barão de Mauá fossem vitalícios, não haveria o recurso, aos eleitores, que pôs o senhor Mauá fora da câmara. Quando o primeiro desafiasse o segundo a irem pleitear ante os eleitores liberais o procedimento de ambos, responderia o senhor Mauá:

"Mas, meu caro colega, os meus eleitores estão mortos. Há dois dias vivia o Bandeira, de Pelotas; pois morreu, aqui está o telegrama, que recebi agora mesmo da família. Sabe que somos velhos conhecidos..."

Entretanto, aquela frase, que em português dá este resultado, talvez possa ser explicada pelo arábico, mas eu não sou bei de Tunes.

Outras muitas coisas me explicará o colégio de intérpretes. Não as digo todas; mas aqui vai mais uma.

Os espiritistas brasileiros acabam de dar um golpe de mestre. Apareceu por aqui um médium, doutor Slade é o seu nome, com a fama de ser prodigioso. A Federação Espírita Brasileira nomeou uma comissão para estudar os fenômenos de escritura direta sobre ardósias e outros efeitos físicos produzidos com o médium. Pois, senhores, não achou que o homem valesse a fama; declarou que os trabalhos ficaram muito abaixo do que esse mesmo médium conseguiu na Inglaterra, França, Alemanha, Estados Unidos e Austrália. É verdade que a própria Federação explica a diferença. "Todos os que estudam os fenômenos espíritas", diz ela, "conhecem que as mediunidades estão sujeitas a esses eclipses." E noutro lugar: "Sabem todos que os invisíveis não estão servilmente à nossa disposição".

Ora, tudo isto, que parece algaravia, sendo lido por um espírita, é como a língua de Voltaire, pura, límpida, nítida, e fácil. Os invisíveis não estão servilmente à nossa disposição. Não falo do enriquecimento da língua com a palavra mediunidade, que é nova, sem ser esbelta.

Fosse eu bei de Tunes, e o meu colégio me explicaria tudo isso e mais isto: "Somente lamentamos que, nesses eclipses da sua faculdade, o médium,

Bons dias

sem dúvida por sugestões malignas, busque simular os fenômenos que obtém nas condições normais...".

Ao que parece, o *médium não só foi* (com perdão da palavra) apenas *minimum*, mas até procurou embaçar a Federação. Não andou bem; e a Federação cumpriu o seu dever desvendando as sugestões malignas. Nem pareça que isto mesmo foi sugestão de despeito; a Federação conclui francamente aquele período: "... Lato aqui plenamente verificado".

Valha-me, Nossa Senhora! Que porção de coisas obscuras, que eu nunca hei de entender! E daí, quem sabe? Schopenhauer chegou a crer nas *mesas que giram*; há quem acredite no casamento da constituição americana com o sistema parlamentar. Não é muito acreditar nos motivos do eclipse do doutor Slade, mesmo sem entendê-los... Ah! Por que não me fazem bei de Tunes!

BOAS NOITES.

29 DE JULHO

BONS DIAS!

    Antes de mais nada, deixem-me dar um abraço no Luís Murat, que acaba de não ser eleito deputado pelo 12º distrito do Rio de Janeiro. Eu já tinha escovado a casaca e o estilo para o enterro do poeta e o competente necrológio; ninguém está livre de uma vitória eleitoral. Escovei-os e esperei as notícias.
    Vieram elas, e não lhe digo nada: dei um salto de prazer. Cheguei à janela; vi que as rosas – umas grandes rosas encarnadas que Deus me deu –, vi que estavam alegres e até dançavam, a música era um bater de asas de pássaros brancos e azuis, que apareceram ali vindos não sei donde, nem como. Sei que eram grandes, que batiam as asas, que as rosas bailavam e que as demais plantas pareciam exalar os melhores cheiros. Umas vozes surdas diziam rindo: Murat, derrotado. Murat, derrotado. E que bonita derrota. Deus de misericórdia! Podia perder a eleição por vinte ou trinta votos; seria então um meio desastre, porque abria novas e fundadas esperanças. Mas não, senhor, a derrota foi completa; nem cinquenta votos. Por outros termos, um homem liberto teve a sua lei de 13 de maio: "Art. 1º Luís Murat continuará a compor versos. Art. 2º Ficam revogadas as disposições em contrário".
    Não é que seja mau ter um lugar na Câmara. Tomara eu lá estar. Não posso; não entram ali relojoeiros. Poetas entram, com a condição de deixar

BONS DIAS

a poesia. Votar ou poetar. Vota-se em prosa, qualquer que seja, prosa simples, ruim prosa, boa prosa, bela prosa, magnífica prosa, e até sem prosa nenhuma, como o senhor Dias Carneiro, para citar um nome. Os versos, quem os fez distribui-os pelos parentes e amigos e faz uma cruz às musas. Alencar (e era dos audazes) tinha um drama no prelo quando foi nomeado ministro. Começou mandando suspender a publicação; depois fê-lo publicar sem nome de autor. E note-se que o drama era em prosa...

Suponhamos que Luís Murat saia eleito, e que seu rival, o Augusto Teixeira, é que ficava com os quarenta votos. Com certeza, os versos de Murat não passavam a ser feitos pelo Teixeira, e era talvez uma vantagem. Em todo caso, ficávamos sem eles. Onde estão os do doutor Afonso Celso? José Bonifácio, se os fazia, enterrava-os na chácara... Podia citar outros, mas não quero que a Câmara brigue comigo. Vá lá abraço, e adeus. Agora é arrazoar de dia no escritório de advogado, e versejar de noite. Não fazem mal as musas aos doutores, disse um poeta, podem fazê-lo aos deputados. Antes de mais nada, disse eu a princípio: mas francamente não vi se tinha mais alguma coisa que dizer. Prefiro calar-me, não sem comunicar aos leitores uma notícia de algum interesse.

Os leitores pensam com razão que são apenas filhos de Deus, pessoas, indivíduos, meus irmãos (nas prédicas), almas (nas estatísticas), membros (nas sociedades), praças (no exército), e nada mais. Pois são ainda uma certa coisa – uma coisa nova, metafórica, original.

Ontem, indo eu no meu bonde das tantas horas da tarde para (não digo o lugar), ao entrarmos no Largo da Carioca, costeamos outro bonde, que ia enfiar pela Rua de Gonçalves Dias. O condutor do meu bonde falou ao do outro para dizer que, na viagem que fizera da estação do Largo do Machado até a cidade, trouxe um só passageiro. Mas não contou assim, como aí fica; contou por estas palavras: "Que te dizia eu? Fiz uma viagem à toa; apenas pude apanhar um carapicu...".

Aí está o que é o leitor: um carapicu este seu criado; carapicus os nossos amigos e inimigos. Aposto que não sabia desta? Carapicu... Como metáfora, é bonita; e podia ser pior.

BOAS NOITES.

16 DE SETEMBRO

BONS DIAS!

   Venho de um espetáculo longo, em parte interessante, em parte aborrecido, organizado em benefício do incidente Manso.

   Começou por uma comédia de Musset: *Il faut qu'une porte soit ouverte ou fermée*. Não confundam com o drama de grande espetáculo *Fechamento das portas*, representado há dias no Liceu com alguma aceitação. Não: a peça de Musset é um atozinho gracioso e límpido. Trata-se de um conde, que vai visitar uma marquesa, e não acaba de sair nem de ficar, até que a dama conclui por lhe dar a mão de esposa. Clara alusão ao incidente Manso.

   No dia seguinte, tivemos um drama extenso e complicado, cujos atos contei enquanto me restaram dedos; mas primeiro acabaram-se-me os dedos que os atos. Cuido que não passariam de vinte, talvez dezenove. Boa composição, lances novos, cenas de efeito, diálogos bem travados. Um dos papéis, escrito em português e latim, produziu enorme sensação pelo inesperado. Dizem que a inovação vai ser empregada cá fora, por alguns autores dramáticos, cansados de escrever em uma só língua, e, às vezes, em meia língua. Os monólogos, os diálogos, que eram vivíssimos, e os coros foram, se assim se pode dizer de obra humana, irrepreensíveis.

Essa peça, começada no segundo dia, durou até o terceiro, porque o espetáculo, para em tudo ser interessante, imitou esse uso das representações japonesas, que não se contentam com quatro ou cinco horas. Não bastando o drama, deram-nos ainda uma comédia de Shakespeare, *As you like it* – ou, como diríamos em português, *Como aprouver a Vossa Excelência*. Posto que inteiramente desconhecida do público, pareceu agradar bastante. Dois outros espectadores aplaudiram por engano umas cenas, em vez de outras; mas a culpa foi dos amadores, que não pronunciaram bem o inglês.

Como acontece sempre, algumas pessoas, para se mostrarem sabidas dos teatros estrangeiros, disseram que era preferível dar outra comédia do grande inglês: *Muito barulho para nada*. Mas esta opinião não encontrou adeptos.

Pela minha parte, achei o defeito da extensão. Espetáculos daqueles não devem ir além de duas ou três horas. Verdade é que, sendo numerosos os amadores, todos quereriam algum papel, e para isso não bastava esse ato de Musset. Bem: mas para isso mesmo tenho eu o remédio, se me consultassem.

O remédio era o fonógrafo, com os aperfeiçoamentos últimos que lhe deu o famoso Edison. Fez-se agora a experiência em Londres, onde por meio do aparelho se ouviram palavras, cantigas e risadas do próprio Edison, como se ele ali estivesse ao pé. Um dos jornais daquela cidade escreve que o fonógrafo, tal qual está agora aperfeiçoado, é instrumento de duração quase ilimitada. Pode conservar tudo. Justamente o nosso caso.

Acabada a representação, em pouco tempo, segundo convinha à urgência e gravidade do assunto e do momento, se ainda houvesse amadores que quisessem um papel qualquer, grande ou pequeno, o diretor faria distribuir fonógrafos, onde cada um daquele depositaria as suas ideias; podiam ajustar-se três ou quatro para os diálogos.

MACHADO DE ASSIS

A reprodução de todas as palavras ali recolhidas podia ser feita não à vontade do autor, mas vinte e cinco anos depois. Ficavam só as belezas do discurso; desapareciam os inconvenientes.

E, reparando bem, está aqui o remédio a um dos males que afligem o regime parlamentar: o abuso da palavra. Não é fácil, mas é possível. Basta fazer uma escolha de oradores, um grupo para cada negócio, por ordem; os restantes confiariam ao fonógrafo os discursos que a geração futura escutaria.

No ano de 1913, por exemplo, abriam-se os fonógrafos, eram as formalidades necessárias, e os nossos filhos ouviriam a própria voz de algum orador atual discutir o orçamento da receita geral do Império:... E, perguntei ao nobre ministro, sabe que faleceu o tabelião de Ubatuba! Esse homem padecia de uma afecção cardíaca, mas ia vivendo; tinha mulher e quatro filhos – o mais velho dos quais não passava de sete anos. Note Sua Excelência que o tabelião nem era filho da província; nasceu em Cimbres, e de uma família respeitável; um dos irmãos foi capitão do primeiro regimento de cavalaria, e esteve em tororó a sua fé de ofício e das mais honrosas que conheço, lê-las-á daqui a pouco; mas, como dizia, o tabelião de Ubatuba ia vivendo, com a sua afecção cardíaca e dois dedos de menos, circunstância esta que lhe tornava ainda mais penoso escrever, mas à qual se acomodava pela necessidade. A perda de dois dedos originou-se de um fato doméstico, com o qual nada tem esta Câmara, posto que ainda aí se possa ver um exemplo, não direi raro, mas precioso, das virtudes daquele homem. Chovia, uma das cunhadas do tabelião... Mas eu prefiro chegar ao caso principal, a entrada do alferes fobias. Senhores, este alferes...

E, deste modo, discursos que hoje não se leem chegariam à posteridade com a frescura da própria cor do orador. Os jornais do tempo os reproduziriam, os sociologistas viriam lê-los e analisá-los, e assim os linguistas, os cronistas, e outros estudiosos, com vantagem para todos, começando talvez por nós – ingratos!

BOAS NOITES.

28 DE OUTUBRO

BONS DIAS!

Viva a galinha com a sua pevide. Vamos nós vivendo com a nossa polícia. Não será superior, mas também não é inferior à polícia de Londres, que ainda não pôde descobrir o assassino e estripador de mulheres. E dizem que é a primeira do universo. O assassino, para maior ludíbrio da autoridade, mandou-lhe cartões pelo correio.

Eu, desde algum tempo, ando com vontade de propor que aposentemos a Inglaterra… Digo, aposentá-la nos nossos discursos e citações. Neste particular, tivemos a princípio a mania francesa e revolucionária; folheiem os Anais da Constituinte, e verão. Mais tarde ficou a França constitucional e a Inglaterra: os nomes de Pitt, Russel. Canning, Bolingbrook, mais ou menos intactos, caíram da tribuna parlamentar. E frases e máximas! Até 1879, ouvi proclamar cento e dezenove vezes este aforismo inglês: "A Câmara dos Comuns pode tudo, menos fazer de um homem uma mulher", ou vice-versa.

"Justamente o que a nossa Câmara faz, quando quer", dizia eu comigo.

Pois bem, aposentemos agora a Inglaterra; adotemos a Itália. Basta advertir que, há pouco tempo, lá estiveram (ou ainda estão) vinte e tantos deputados metidos em enxovia, só por serem irlandeses. Nenhum dos nossos deputados é irlandês; mas, se algum vier a sê-lo, juro que será mais bem tratado. E, comparando tanta polícia para pegar deputados com tão pouca para descobrir um estripador de mulheres, folgazão e científico, a conclusão não pode ser senão a do começo: – Viva a galinha com a sua pevide...

Aqui interrompe-me o leitor: – Já vejo que é nativista! – E eu respondo que não sei bem o que sou. O mesmo me disseram anteontem, falando-se do projeto do meu ilustre amigo senador Taunay. Como eu dissesse que não aceitava o projeto integralmente, alguém tentou persuadir-me que eu era nativista. Ao que respondi: – Não sei bem o que sou. Se nativista é algum bicho feio, paciência; mas, se quer dizer exclusivista, não é comigo.

Não se pode negar que o senhor senador Taunay tem o seu lugar marcado no movimento imigracionista, e lugar iminente; trabalha, fala, escreve, dedica-se de coração, fundou uma sociedade, e luta por algumas grandes reformas.

Entretanto, a gente pode admirá-lo e estimá-lo, sem achar que este último projeto seja inteiramente bom. Uma coisa boa que lá está é a grande naturalização. Não sei se ando certo, atribuindo àquela palavra o direito do naturalizado a todos os cargos públicos. Pois, senhor, acho acertado. Com efeito, se o homem é brasileiro e apto, por que não será para tudo aquilo que podem ser outros brasileiros aptos? Quem não concordará comigo (para só falar de mortos) que é muito melhor ter como regente, por ser ministro do Império, um Guizot ou um Palmerston do que um ex-ministro (Deus lhe fale na alma!) que não tinha este olho?

Mas o projeto traz outras coisas que bolem comigo, e até uma que bole com o próprio autor. Este faz propaganda contra os chins; mas, não havendo meio legal de impedir que eles entrem no Império, aqui temos nós os chins, em vez de instrumentos de trabalho constituídos em milhares de cidadãos brasileiros, no fim de dois anos, ou até de um. Excluí-los da lei é impossível. Aí fica uma consequência desagradável para o meu ilustre amigo.

Outra consequência. O digno senador Taunay deseja a imigração em larga escala. Perfeitamente. Mas, se o imigrante souber que, ao cabo de dois anos, e em certos casos ao fim de um, fica brasileiro à força, há de refletir um pouco e pode não vir. No momento de deixar a pátria, ninguém pensa em trocá-la por outra; todos saem para arranjar a vida.

BONS DIAS

Em suma – e é o principal defeito que lhe acho –, este projeto afirma de um modo estupendo a onipotência do Estado. Escancarar as portas, sorrindo, para que o estranho entre, é bom e necessário; mas mandá-lo pegar por dois sujeitos, metê-lo à força dentro de casa para almoçar, não podendo ele recusar a fineza senão jurando que tem outro almoço à sua espera, não é coisa que se pareça com liberdade individual.

Bem sei que ele tem aqui um modo de continuar estrangeiro: é correr, no fim do prazo, ao seu consulado ou à Câmara Municipal, declarar que não quer ser brasileiro, e receber um atestado disso. Mas para que complicar a vida de milhares de pessoas que trabalham com semelhante formalidade? Além do aborrecimento, há vexame – vexame para eles e para nós, se o número dos recusantes for excessivo. Haverá também um certo número de brasileiros por descuido, por se terem esquecido de ir a tempo cumprir a obrigação legal. Esses não terão grande amor à terra que os não viu nascer. Lá diz São Paulo, que não é circuncisão a que se faz exteriormente na carne, mas a que se faz no coração.

O senhor Taunay já declarou, em brilhante discurso, que o projeto é absolutamente original. Ainda que o não fosse, e que o princípio existisse em outra legislação, era a mesma coisa. O Estado não nasceu no Brasil; nem é aqui que ele adquiriu o gosto de regular a vida toda. A velha república de Esparta, como o ilustre senador sabe, legislou até sobre o penteado das mulheres; e dizem que em Rodes era vedado por lei trazer a barba feita. Se vamos agora dizer a italianos e alemães que, no fim de um ou dois anos, não são mais alemães nem italianos, ou só poderão sê-lo com declaração escrita e passaporte no bolso, parece-me isto muito pior que a legislação de Rodes.

Desagravar a naturalização, facilitá-la e honrá-la, e, mais que tudo, tornar atraente o país por meio de boa legislação, reformas largas e liberdades efetivas, eis aí como eu começaria o meu discurso no Senado, se os eleitores do Império acabassem de crer que os meus quarenta anos já lá vão, e me incluíssem em todas as listas tríplices. Era assim que eu começaria o discurso. Como acabaria, não sei; talvez nos braços do meu ilustre amigo.

BOAS NOITES.

10 DE NOVEMBRO

BONS DIAS!

Há anos, por ocasião do movimento Ester de Carvalho, aquela boa atriz que aqui morreu, lembra-me haver lido nos jornais um pequenino artigo anônimo. Nem se lhe podia chamar artigo; era uma pergunta nua e seca. O numeroso partido da atriz estava em ação; havia palmas, flores, versos, longas e brilhantes manifestações públicas. E então dizia a pergunta anônima: "Por que não aproveitaremos este movimento Ester de Carvalho para ver se alcançamos o fechamento das portas?".

A pergunta tinha um ar esquisito, à primeira vista: mas era a mais natural do mundo. Entretanto, não se fez nada por dois motivos, um fácil de entender, que era a absorção do pensamento em um só assunto. A alma não se divide. A questão do fechamento das portas era exclusiva, pedia as energias todas, inteiras, constantes, lutando dia por dia.

A segunda razão é que há anos e há séculos de revoluções e transformações. Para o caso de que se trata não era preciso o século, mas o ano era indispensável. Entre a vinda de Jesus e a morte de César há pouco mais de

Bons dias

quarenta anos: e a Revolução Francesa chegou à Bastilha, depois de feita nos livros e iniciada nas províncias, desde os albores do século XVIII.

Aqui o caso era de um ano mesmo que viu a extinção da escravidão. Todas as liberdades são irmãs; parece que, quando uma dá rebate, as outras acodem logo.

Aí temos explicado o movimento atual, que, em boa hora, vai sendo praticado em paz e harmonia. Note-se bem que o movimento outrora tinha um caráter meio duvidoso, pedia-se o fechamento das portas aos domingos. O domingo, só por si, sem mais nada, é um dia protestante; e o movimento, limitando o descanso a esse dia, como que parecia inclinar à igreja inglesa. Daí a frieza do clero católico. Agora, porém, a plataforma (se me é lícito dizer uma palavra que pouca gente entende) abrange os domingos e dias santos. Deste modo não se pede só o dia do Senhor, mas esse e os mais que o rito católico estabelece em honra dos grandes mártires ou heróis da fé e dos fastos da Igreja desde os primitivos tempos.

Seguramente, há maior número de dias vagos, mas o trabalho dos outros compensará os perdidos; por esse lado, não vejo perigo. Pode dar-se também que a definição das férias se estenda um pouco, mas pelo tempo adiante. Por exemplo, o dia 2 de novembro é feriado ou não? Vimos este ano duas opiniões opostas, a do Senado e a da Câmara. O Senado declarou que era, e não deu ordem do dia; a Câmara entendeu que não era, e deu ordem do dia. Foi o mesmo que se não desse, é verdade, porque lá não apareceu ninguém; mas a opinião ficou assentada. O Senado comemora os defuntos; a Câmara, não. Talvez a Câmara não deseje lembrar o próximo fim dos seus dias. O Senado, embalsamado pela vitaliciedade, pode entrar sem susto nos cemitérios. Não é a lei que o há de matar.

Pois bem, ainda nesses casos o acordo é possível entre caixeiros e patrões; fechem-se as portas ao meio-dia. Os patrões e os rapazes irão de tarde aos cemitérios.

Noto, e por honra de todos, que não tem havido distúrbios nem violências. Há dias, é certo, um grupo protestou contra uma casa do Largo de São Francisco de Paula, que estava aberta: mas quem mandou fechar as portas da casa não foi o grupo, foi o subdelegado. Tem havido muita prudência e razão. O próprio ato do subdelegado, olhando-se bem para ele, foi bem feito. Já lá dissera Musset estas palavras: *Il faut qu'une porte soit ouverte ou fermée.* Não podendo estar abertas as da loja de grinaldas, foi muito melhor fechá-las. "É assim que eu gosto dos médicos especulativos", dizia um personagem de Antônio José.

Não sei se tenho mais alguma coisa que dizer. Creio que não. A questão chinesa está absolutamente esgotada; tão esgotada que, tendo eu anunciado, por circular manuscrita, que daria um prêmio de conto de réis a quem me apresentasse um argumento novo, quer a favor, quer contra os chins, recebi carta de um só concorrente, dizendo-me que ainda havia um argumento científico, e era este: "A criação animal decresce por este modo: *o homem, o chim, o chimpanzé…*". Como veem, é apenas um calembur; e, se não houvesse no Evangelho e em Camões, era certo que eu quebrava a cara do autor; limitei-me a guardar o dinheiro no bolso.

BOAS NOITES.

18 DE NOVEMBRO

BONS DIAS!

Agora acabou-se! Já se não pode contar um caso meio trágico em casa de família, que não digam logo vinte vozes:
– Já sei, outra madame Torpille!
– Perdão, minha senhora, eu vi o que lhe estou contando. O homem não tinha pés nem cabeça...
– Mas tinha uma cruz latina no peito.
– Isso não sei, pode ser. A senhora sabe se trago também alguma cruz latina ao peito? Pois saiba que sim... Olhe, a cruz latina também figurou agora na revolução de rapazes em Pernambuco; a diferença é que não era no peito que eles a levavam, mas às costas. Por falar em latim, sabem que Cícero...

Aqui não houve mais retê-las; todas voaram: umas para as janelas, outras para os pianos, outras para dentro; fiquei só, peguei no chapéu e vim ter com os meus leitores, que são sempre os que pagam as favas.

E, prosseguindo, digo que o velho Cícero escreveu uma coisa tão certa, que até eu, que não sei latim, só por vê-la traduzida em sueco, entendi logo o que vinha a ser, e é isto: *Grata populo est tabella...* Em português: "O voto secreto agrada ao povo, porque lhe dá força para dissimular o pensamento e olhar com firmeza para os outros".

Ora bem, este voto secreto, que me é tão grato, quer o nosso ilustre Senador Cândido de Oliveira arrancá-lo ao eleitor, no projeto eleitoral que apresentou ao Senado. Note-se que foi justamente por ser secreto o voto, que eu, embora conservador, votei em Sua Excelência para a lista tríplice. Não gostei da chapa do meu partido, e disse comigo: "Não, senhor; voto no Cândido, no Afonso e no Alvim". Quando mais tarde o Cruz Machado (Visconde do Serro Frio) me falou na eleição, declarei-lhe que ainda uma vez levara às urnas a lista da nossa gente. Era mentira; mas para isso mesmo é que vale o voto secreto.

Sua Excelência quer o voto público. Há de ser escrito o nome do candidato em um livro com a assinatura do eleitor (Art. 3º § 1º). Concordo que este modo dá certa hombridade e franqueza, virtudes indispensáveis. E fora de dúvida que, com o voto público, o caixeiro vota no patrão, o inquilino, no dono da casa (salvo se o adversário lhe oferecer outra mais barata, o que é ainda uma virtude, a economia), o fiel dos feitos vota no escrivão, os empregados bancários votam no gerente, e assim por diante. Também se pode votar nos adversários. Mas, enfim, nem todos são aptos para a virtude. Há muita gente capaz de falar em particular de um sujeito e ir jantar publicamente com ele. São temperamentos.

Se as nossas eleições fossem sempre impuras, vá que viesse aquela disposição no projeto; mas é raro que a ordem e a liberdade se não deem as mãos diante das urnas. Uma eleição entre nós pode ser aborrecida, graças ao sistema de chamadas nominais, que obriga a gente e não arredar pé da seção em que vota, mas são em geral boas. E depois, se o voto secreto já fez algum bem neste nosso pequeno mundo, por que aboli-lo?

Bem sei tudo o que se pode de bem e de mal acerca do voto secreto. Em teoria, realmente, o público é melhor. A questão é que não permite o trabalhinho oculto, e, mais que tudo, obsta a que a gente vote contra um

Bons dias

candidato e vá jantar com ele à tarde, por ocasião da filarmônica e dos discursos.

Voto público e muito público – foi o que aquela linda Duquesa de Cavendish alcançou: estando a cabalar por um parente, parou dentro do carro à porta de um açougueiro e pediu-lhe o voto. O açougueiro, que era do partido oposto, disse-lhe brincando:

– Votarei, se Vossa Senhoria me der um beijo.

E a duquesa, como toda gente sabe, estendeu-lhe os lábios, e ele depositou ali um beijinho, que já agora é melhor julgar que experimentar. Neste sentido, todos somos açougueiros. Tais votos são mais que públicos. Complete Sua Excelência o seu projeto, estabelecendo que as candidaturas só poderão ser trabalhadas por mulheres, amigas do candidato, devendo começar pelas mais bonitas, e está abolido o voto secreto. O mais que pode acontecer é a gente faltar a nove ou dez pessoas, se a vaga for só uma; mas creia Sua Excelência que não há beijo perdido.

Tinha outra coisa que dizer acerca do projeto ou, antes, que perguntar a Sua Excelência, mas o tempo urge.

Há uma disposição, porém, que não posso deixar de agradecer desde já; é a abolição do segundo escrutínio, saindo deputado com os votos que tiver; maioria relativa, em suma. Tem um distrito mil e novecentos eleitores inscritos; comparecem apenas cento e quatro; eu obtenho vinte votos, o meu adversário, dezenove, e os restantes espalham-se por diferentes nomes. Entro na Câmara nos braços de vinte pessoas. Há famílias mais numerosas, mas muito menos úteis.

BOAS NOITES.

27 DE DEZEMBRO

BONS DIAS!

Cuidava eu que era o mais precavido dos meus contemporâneos. A razão é que saio sempre de casa com o Credo na boca e disposição feita de não contrariar as opiniões dos outros. Quem talvez me vencia nisto era o Visconde de Abaeté, de quem se conta que, nos últimos anos, quando alguém lhe dizia que o achava abatido:

– Estou, tenho passado mal – respondia ele.

Mas se, vinte passos adiante, encontrava outra pessoa que se alegrava com vê-lo tão rijo e robusto, concordava também:

– Oh! Agora passo perfeitamente.

Não se opunha às opiniões dos outros; e ganhava com isto duas vantagens. A primeira era satisfazer a todos, a segunda era não perder tempo.

Pois, senhores, nem o ilustre brasileiro, nem este criado do leitor éramos os mais precavidos dos homens. Há dias, a gente que saía de uma conferência republicana foi atacada por alguns indivíduos: naturalmente houve tumulto, pancadas, pedradas, ferimentos, recorrendo os atacados aos apitos, para chamar a polícia, que acudiu prestes. Pouco antes, dois soldados brigaram com o cocheiro ou condutor de um bonde, atracaram-se com ele, os passageiros intervieram, e, não conseguindo nada, recorreram aos apitos, e a polícia acudiu.

Estes apitos retinem-me ainda agora no cérebro. Por Ulisses! Pelo artificioso e prudente Ulisses – nunca imaginei que toda a gente andasse aparelhada desse instrumento, na verdade, útil. Os casos acima apontados são diferentes, as circunstâncias, diferentes, e diferentes os sentimentos das pessoas; não há uma só analogia entre os dois tumultos, exceto esta: que cada cidadão trazia um apito no bolso. É o que eu não sabia. Afigura-se-me ver um pacato dono da casa, prestes a sair, gritar para a mulher:

– Florência, esqueci-me da carteira, dá cá, está em cima da secretária!

Ou então:

– Florência, vê se há charutos na caixa, e atira-me alguns!

Ou ainda:

– Dá-me um lenço, Florência!

Mas nunca imaginei esta frase:

– Florência, depressa, dá cá o apito!

Não há negá-lo, o apito é de uso geral e comum uso louvável, porque a polícia não há de adivinhar os tumultos, e este modo de a chamar é excelente, em vez das pernas, que podem levar o dono não ao corpo da guarda, mas a um escuro e modesto corredor. Vou comprar um apito.

Creiam que é por medo dele que não escrevo aqui duas linhas em defesa de, em defunto dos últimos dias, o carrasco de Minas Gerais, pobre-diabo, que ninguém defendeu, e que uma carta de Ouro Preto disse haver exercido o seu *desprezível* ofício desde 1835 até 1858.

Fiquei embatucado com o *desprezível* ofício do homem. Por que cargas-d'água há de ser *desprezível* um ofício criado por lei? Foi a lei que decretou a pena de morte; e, desde Caim até hoje, para matar alguém é preciso alguém que mate. A bela sociedade estabeleceu a pena de morte para o assassino, em vez de uma razoável compensação pecuniária aos parentes do morto, como queria Maomé. Para executar a pena não de há de ir buscar o escrivão, cujos dedos só se devem tingir no sangue do tinteiro. Usamos empregar outro criminoso.

Disse então a bela sociedade ao carrasco de Minas, com aquela bonomia que só possuem os entes coletivos:

– Você fez já um bom ensaio matando sua mulher; agora assente a mão em outras execuções e acabará fazendo obra perfeita. Não se importe com mesa e cama; dou-lhe tudo isso, e roupa lavada: é um funcionário do Estado.

Deus meu, não digo que o ofício seja dos mais honrosos; é muito inferior ao do meu engraxador de botas, que por nenhum caso chega a matar as próprias pulgas; mas, se o carrasco sai a matar um homem, é porque o mandam. Se a comparação se não prestasse a interpretações sublimes, que estão longe da minha alma, eu diria que ele (carrasco) é a última palavra do código. Não seguem isto, ao menos, ao patife Januário – ou Fortunato, como outros dizem.

Em todo caso, não apitem, porque eu ainda não comprei apito, e posso responder que tudo isto é brincadeira, para passar os tempos duros do verão.

BOAS NOITES.

1889

13 DE JANEIRO

BONS DIAS!

Eu, se fosse gatuno, recolhia-me à casa, abria mão de vício tão hediondo, e ia estudar o hipnotismo. Uma vez amestrado, saía à rua com um ofício honesto, e passava o resto dos meus dias comendo tranquilamente sem remorsos nem cadeia.

Foi o que fiz agora sem ser gatuno; gastei dias metido no estudo desta ciência nova. Tivesse a menor inclinação para ratoneiro, e nunca mais iria às algibeiras dos outros, aos quintais, às vitrines, nem ao famoso conto do vigário. Faria estudos práticos da ciência.

Dava, por exemplo, com vivos, e lesto, dizia comigo: "Este é o Visconde de Figueiredo". Metia-o por sugestão no primeiro corredor, ele mesmo fechava a porta, por sugestão, e eu dizia-lhe, como Gassner, que empregava o latim nas suas aplicações hipnóticas:

– *Veniat agitatio brachiorum.*

O visconde agitava os braços. Eu em seguida bradava-lhe:

– Dê-me Vossa Excelência as notas que tiver aí no bolso, o relógio, os botões de ouro e qualquer outra prenda de estimação.

Sua Excelência desfazia-se de tudo paulatinamente: eu ia recebendo devagar; guardando tudo, dizia-lhe com persuasão e força:

– Agora mando que se esqueça de tudo, que passe alguns minutos sem saber onde está, que confunda esta rua com outra; e só daqui a uma hora vá almoçar no restaurante do costume, à cabeceira da mesma mesa, com seus habituais amigos.

Depois, à maneira do mesmo velho Gassner, fechava a experiência em latim:

– *Redeat ad se*!

Sua Excelência tornava a si; mas já eu ia na rua, tranquilo, enquanto ele tinha de gastar algum tempo, explicando-se, sem consegui-lo.

Seriam os meus primeiros estudos práticos; mas imagine-se o que poderia sair de tais estreias. Casas de penhores, ourives, joalherias. Subia ainda; ia aos tribunais ganhar causas, ia às câmaras legislativas obter votos, ia ao governo, ia a toda parte. De cada negócio (e nisto poria o maior apuro científico), compunha uma longa e minuciosa memória, expondo as observações feitas em cada paciente, a maior ou menor docilidade, o tempo, os fenômenos de toda a espécie; e por minha morte deixaria esses escritos ao Estado.

Por exemplo, este caso das meninas envenenadas de Niterói –... Estudaria aquilo com amor; primeiro o menino que aviou a receita. Indagaria bem dele se era menino ou boticário. Ao saber que era só menino, mas que, com cinco anos e a graça de Deus, esperava chegar a boticário, e, talvez, a médico da roça – mostrar-lhe-ia que a fortuna protege sempre os nobres esforços do homem; e assim também que, para salvar mil criaturas, é preciso ter matado cinquenta, pelo menos. Em seguida, tendo lido que o vidro do remédio fora mandado esconder por um facultativo, achá-lo-ia, antes da polícia, por meio hipnótico, e este era o meu negócio. Exposto o vidro, na Rua do Ouvidor, a dois tostões por pessoa... É verdade que tudo poderia já estar esquecido, ou por causa do assassinato do Catete, ou até por nada.

Tudo feito, chegaria a morrer um dia, e mui provavelmente São Pedro, chaveiro do céu, não me abriria as portas por mais que lhe dissesse que os

BONS DIAS

meus atos eram puras experiências científicas. Contar-lhe-ia as minhas virtudes; ele abanaria a cabeça. Pois aí mesmo aplicaria o novo processo.

– *Veniat agitatio brachioram*!

São Pedro, mestre dos mestres na língua eclesiástica, obedeceria prontamente à minha intimação hipnótica, e agitaria os braços. Mas como, então, não via nada, eu passaria para o lado de dentro; e logo que lhe bradasse de dentro: "*Redeat ad se*", ele acordaria e me perdoaria em nome do Senhor, desde que transpusera o limiar do céu.

Esta é a diferença dos dois mistérios póstumos: quem entra no inferno perde as esperanças, quem entra no céu conserva-as integralmente. *Servate ogni speranza, o voi ch'entrate*!

BOAS NOITES.

21 DE JANEIRO

BONS DIAS!

Vi não me lembra onde…

É meu costume; quando não tenho que fazer em casa, ir por esse mundo de Cristo, se assim se pode chamar à cidade de São Sebastião, matar o tempo. Não conheço melhor ofício, mormente se a gente se mete por bairros excêntricos; um homem, uma tabuleta, qualquer coisa basta a entreter o espírito, e a gente volta para casa "lesta e aguda", como se dizia em não sei que comédia antiga.

Naturalmente, cansadas as pernas, meto-me no primeiro bonde que pode trazer-me à casa ou à Rua do Ouvidor, que é onde todos moramos. Se o bonde é dos que têm de ir por vias estreitas e atravancadas, torna-se um verdadeiro obséquio do céu. De quando em quando, para diante de uma carroça que despeja ou recolhe fardos. O cocheiro trava o carro, ata as rédeas, desce e acende um cigarro: o condutor desce também e vai dar uma vista de olhos ao obstáculo. Eu, e todos os veneráveis camelos da Arábia, vulgo passageiros, se estamos dizendo alguma coisa, calamo-nos para ruminar e esperar.

Bons dias

Ninguém sabe o que sou quando rumino. Posso dizer, sem medo de errar, que rumino muito melhor do que falo. A palestra é uma espécie de peneira, por onde a ideia sai com dificuldade, creio que mais fina, mas muito menos sincera. Ruminando, a ideia fica íntegra e livre. Sou mais profundo ruminando; e mais elevado também.

Ainda anteontem, aproveitando uma meia hora de bonde parado, lembrou-me não sei como o incêndio do clube dos Tenentes do Diabo. Ruminei os episódios todos, entre eles, os atos de generosidade da parte das sociedades congêneres; e fiquei triste de não estar naquela primeira juventude, em que a alma se mostra capaz de sacrifícios e de bravura. Todas essas dedicações dão prova de uma solidariedade rara, grata ao coração.

Dois episódios, porém, me deram a medida do que valho quando rumino. Toda a gente os leu separadamente; o leitor e eu fomos os únicos que os comparamos.

Refiro-me, primeiramente, à ação daqueles sócios de outro clube, que correram à casa que ardia, e, acudindo-lhes à lembrança os estandartes, bradaram que era preciso salvá-los. "Salvemos os estandartes!" e tê-lo-iam feito, a troco da vida de alguns, se não fossem impedidos a tempo. Era loucura, mas loucura sublime. Os estandartes são para eles o símbolo da associação, representam a honra comum, as glórias comuns, o espírito que os liga e perpetua.

Esse foi o primeiro episódio. Ao pé dele temos o do empregado que dormia na sala. Acordou este, cercado de fumo, que o ia sufocando e matando. Ergueu-se, compreendeu tudo, estava perdido, era preciso fugir. Pegou em si e no livro da escrituração e correu pela escada abaixo.

Comparai esses dois atos, a salvação dos estandartes e a salvação do livro, e tereis uma imagem completa do homem. Vós mesmos que me ledes sois outros tantos exemplos de conclusão. Uns dirão que o empregado, salvando o livro, salvou o sólido; o resto é obra de sirgueiro. Outros replicarão que a contabilidade pode ser reconstituída, mas que o estandarte, símbolo da associação, é também a sua alma; velho e chamuscado, valeria muito mais que o que possa sair agora, novo, de uma loja. Compará-lo-ão à bandeira de uma nação que os soldados perdem no combate, ou trazem esfarrapada e gloriosa.

E todos vós tereis razão; sois as duas metades do homem: formais o homem todo... Entretanto, isso que aí fica dito está longe da sublimidade com que o ruminei. Oh! Se todos ficássemos calados! Que imensidade de belas e grandes ideias! Que saraus excelentes! Que sessões de Câmara! Que magníficas viagens de bonde!

Mas por onde é que eu tinha principiado? Ah! Uma coisa que vi, sem saber onde...

Não me lembra se foi andando de bonde; creio que não. Fosse onde fosse, no centro da cidade ou fora dela. Vi, à porta de algumas casas, esqueletos de gente, postos em atitudes joviais. Sabem que o meu único defeito é ser piegas; venero os esqueletos, já porque o são, já porque o não sou. Não sei se me explico. Tiro o chapéu às caveiras; gosto da respeitosa liberdade com que Hamlet fala à do bobo Yorick. Esqueletos de mostrador, fazendo gaifonas, sejam eles de verdade ou não, é coisa que me aflige. Há tanta coisa gaiata por esse mundo, que não vale a pena ir ao outro arrancar de lá os que dormem. Não desconheço que esta minha pieguice ia melhor em verso, com toada de recitativo ao piano: mas é que eu não faço versos; isto não é verso:

Venha o esqueleto, mais tristonho e grave,
Bem como a ave, que fugiu do além...

Sim, ponhamos o esqueleto nos mostradores, mas sério, tão sério como se fosse o próprio esqueleto do nosso avô, por exemplo... Obrigá-lo a uma polca, habanera, lundu ou cracoviana... Cracoviana? Sim, leitora amiga, é uma dança muito antiga, que o nosso amigo João, cá de casa, executa maravilhosamente, no intervalo dos seus trabalhos. Quando acaba, diz-nos sempre, parodiando um trecho de Shakespeare: "Há, entre a vossa e a minha idade, muitas mais coisas do que sonha a vossa vã filosofia".

BOAS NOITES.

13 DE FEVEREIRO

BONS DIAS!

O diabo que entenda os políticos! Toda a gente aqui me diz que o meio de obter câmaras razoáveis é acabar com as eleições por distritos, nas quais, à força de meia dúzia de votos, um paspalhão ou perverso fica deputado. Dizem agora telegramas franceses que o governo e a maioria da Câmara dos Deputados, para evitar o mesmo mal, vão adotar justamente a eleição por distritos. Entenderam? Eu estou na mesma.

Felizmente, dei com uma dessas criaturas que o céu costumava enviar para esclarecer os homens, a qual me disse que Pascal era um sonhador. Não gosto de calembur, mas não pude evitar este: "Há de me perdoar, o Pascoal é confeiteiro". A pessoa não fez caso; continuou dizendo que Pascal era um sonhador, porque o que achava estravagante é que é natural: *verdade aqui, erro além*. Sabia eu por que é que lá adotaram o que para nós é ruim? Era para escapar ao cesarismo. Sabia eu o que era cesarismo?

– Não, senhor.

– Cesarismo vem de César.

– Farâni? – perguntei eu, e confesso que sem o menor desejo de trocadilho.

– Não.

– Zama? Conheço um César Zama.

– Cale-se, homem, ou ponha-se fora. Não estou para aturar cérebros fracos, nem pessoas malcriadas, porque, se é grande impolidez interromper a gente para dizer uma verdade, quanto mais uma asneira. César Zama! César Farâni!

– Já sei: César Cantu…

– Vá para o diabo, que o ature. Quando quiser saber as coisas, ouça calado, entendeu? Ora essa! Cantu, Farâni, Zama… Já viu o cometa?

– Há algum cometa?

– Há, sim, senhor, vá ver o cometa, aparece às três horas da manhã, e de onde se vê melhor é do Morro do Neco, à esquerda. Tem um grande rabo luminoso. Vá, meu amigo; quem não entende das coisas não se mete nelas. Vá ver o cometa.

Fiquei meio jururu, porque o principal motivo que me levara a procurar a dita pessoa não era aquele, mas outro. Era saber se existia a Sociedade Protetora dos Animais.

Afinal, prestes a ir ver o cometa, tornei atrás e fiz a pergunta. Respondeu-me que sim, que a Sociedade Protetora dos Animais existia, mas que tinha eu com isso? Expliquei-lhe que era para mim uma das sociedades mais simpáticas. Logo que ela se organizou, fiquei contente, dizendo comigo que, se Inglaterra e outros países possuíam novidades tais, por que não a teríamos nós? Prova de sentimentos finos, justos, elevados; o homem estende a caridade aos brutos.

Parece que ia falando bem, porque a pessoa não gostou, e interrompeu-me, bradando que tinha pressa; mas eu ainda emiti várias frases asseadas, e citei alguns trechos literários para mostrar que também sabia cavalgar livros. Afinal, confiei-lhe o motivo da pergunta: era para saber se, havendo na Câmara Municipal nada menos de três projetos ou planos para a

BONS DIAS

extinção dos cães, a Sociedade Protetora tinha opinado sobre algum deles, ou sobre todos.

A pessoa não sabia, nem quis meter a sua alma no inferno asseverando fatos que ignorava. Saberia eu o que se passava em Quebec? Respondi que não. Pois era a mesma coisa. A sociedade e Quebec eram idênticas para os fins da minha curiosidade. Podia ser que os três projetos já a sociedade houvesse examinado quatro ou mesmo nenhum; mas como sabê-lo?

Conversamos ainda um pouco. Fiz-lhe notar que os burros, principalmente os das carroças e bondes, declaram a quem os quer ouvir que ninguém os protege, a não ser o pau (nas carroças) e as rédeas (nos bondes). Respondeu-me que o burro não era propriamente um animal, mas a imagem quadrúpede do homem. A prova é que, se encontramos a amizade no cão, o orgulho, no cavalo, etc., só no burro achamos filosofia. Não pude conter-me e soltei uma risada. Antes soltasse um espirro! A pessoa veio para mim, com os punhos fechados, e quase me mata. Quando voltei a mim, perguntei humildemente:

– Bem; se a Sociedade Protetora dos Animais não protege o cão nem o burro, o que é que protege?

– Então não há outros animais? A girafa não é animal? A girafa, o elefante, o hipopótamo, o camelo, o crocodilo, a águia. O próprio cavalo de Troia, apesar de ser feito de madeira, como levava gente na barriga, podemos considerá-lo bicho. A Sociedade não há de fazer tudo ao mesmo tempo. Por ora o hipopótamo, depois virá o cão.

– Mas é que o...

– Homem, vá ver o cometa, Morro do Neco, à esquerda.

– Às três horas?

– Da madrugada; boas noites.

16 DE FEVEREIRO

BONS DIAS!

Deus seja louvado! Choveu… Mas não é pela chuva em si mesma que o leitor me vê aqui cantando e bailando; é por outra coisa. A chuva podia ter melhorado o estado sanitário da cidade, sem que me fizesse nenhum particular obséquio. Fez-me um; é o que eu agradeço a Providência Divina.

Já se pode entrar num bonde, numa loja ou numa casa, bradar contra o calor e suspirar pela chuva, sem ouvir este badalo:

– A folhinha de Ayer dá chuva para 20 de fevereiro.

Pelo lado moral, era isto um resto das torturas judiciárias de outro tempo. Pelo lado estético, era a mais amofinadora de todas as cega-regas deste mundo:

– Oh! Não pude dormir esta noite! Onde irá isto parar? Nem sinais de chuva, um céu azul, limpo, feroz, eternamente feroz.

– A folhinha de Ayer só dava chuva lá para 20 de fevereiro – acudia logo alguém.

Às vezes, apesar de minha pacatez proverbial, tinha ímpetos de bradar, como nos romances de outro tempo: "Mentes pela gorja, vilão!".

Bons dias

E é o que mereciam todos os alvissareiros de Ayer; era agarrá-los pelo pescoço, derrubá-los, joelho no peito e sufocá-los, até botarem cá para fora a língua e a alma. Pedaços de asnos!

Nem ao menos tiveram o mérito de acertar. Afligiam sem graça nem verdade.

Habent sua fata libelli! As folhinhas de Ayer, como anúncios meteorológicos, estão a expirar. Só este golpe recente é de levar couro e cabelo. Agora podem prever as maiores tempestades do mundo que não deixarei de sair a pé com sapatos rasos e meias de seda, se tanto for preciso para mostrar o meu desprezo.

Ayer é um dos velhos da minha infância. Oh! Bons tempos da salsaparrilha de Ayer e de Sands, dois nomes imortais, que eu cuidei ver mortos no fim de uma década.

Não seriam amigos, eu não sou tão jovem como o apregoam alguns. Eu assisti a todo o ciclo do Xarope do Bosque. Conheci-o no tempo em que começou a curar; era um bonito xarope significado nos anúncios por meio de uma árvore e uma deusa – ou outra coisa, não sei bem como era.

Curava tudo: à proporção que os curados iam espalhando que as folhinhas de Ayer só davam chuvas... Perdão, enganei-me; iam espalhando que estavam curados, a fama do xarope ia crescendo e as suas obras eram o objeto das palestras nos ônibus. A fama cresceu, a celebridade acendeu todas as suas luminárias. Jurava-se pelo Xarope do Bosque como um cristão jura por Nosso Senhor. Contavam-se maravilhas; pessoas mortas voltavam à vida com uma garrafa debaixo do braço, vazia.

Chegou ao apogeu. Como todos os impérios e repúblicas deste mundo principiou a decair; era menos buscado, menos nomeado. O rei dos xaropes desceu ao ponto de ser o lacaio dos xaropes, e lacaio mal pago; belas curas, suas nobres aliadas, quando viram-no em tão baixo estado, foram levar os seus encantos a outros príncipes. Ele ainda resistiu; reproduzia nos jornais a árvore e a moça, e repetia todos os seus méritos, aqui e fora daqui; mas a queda ia continuando. Pessoas que lhe deviam a vida, não sei por que singular ingratidão, preferiam agora o arsênico, os calomelanos e outras drogas de préstimo limitado. O xarope foi caindo, caindo, caindo até morrer.

Não falo nisto sem lágrimas. Se por esse tempo, aproveitando a morte do Xarope do Bosque, tivesse inventado um Xarope de Cidade, estava agora com a bolsa repleta. Teria palácio em Petrópolis, coches, alazões, um teatro, e o resto. A antítese dos nomes era a primeira recomendação. Se o do Bosque já não cura, diriam os fregueses, busquemos o da Cidade. E curaria, podem crer, tanto como o outro, ou um pouco menos. Há sempre fregueses... Ora, eu, que não alimentei jamais grandes ambições, nem de que juntasse uns três mil contos, dava o xarope aos sobrinhos. Pode ser que já agora estivesse com outro (Deus lhe fale n'alma). Paciência; Babilônia caiu; caiu Roma. Caiu Nínive, caiu Cartago. Ninguém mais repete esta abominável *scie*:

– A folhinha de Ayer só dá chuva lá para 20 de fevereiro.

BOAS NOITES.

27 DE FEVEREIRO

BONS DIAS!

Ei-lo que chega... Carnaval à porta!... Diabo! Aí vão palavras que dão ideia de um começo de recitativo ao piano; mas outras posteriores mostram claramente que estou falando em prosa; e se *prosa* quer dizer *falta de dinheiro* (em cartaginês, está claro), então é que falei como um Cícero.

Carnaval à porta. Já lhe ouço os guizos e tambores. Aí vêm os carros das ideias... Felizes ideias, que durante três dias andais de carro! No resto do ano ides a pé, ao sol e à chuva, ou ficais no tinteiro, que é ainda o melhor dos abrigos. Mas lá chegam os três dias, quero dizer, os dois, porque o de meio não conta; lá vêm, e agora é a vez de alugar a berlinda, sair e passear.

Nem isso, ai de mim, amigas, nem esse gozo particular, único cronológico, marcado, combinado e acertado, me é dado saborear este ano. Não falo por causa da febre amarela; essa vai baixando. As outras febres são apenas companheiras... Não; não é essa a causa.

Talvez não saibam que eu tinha uma ideia e um plano. A ideia era uma cabeça de Boulanger, metade coroada de louros, metade forrada de lama. O plano era metê-la em um carro, e andar. E vede bem, vós, que sois ideias, vede se o plano desta ideia era mau. Os que esperam do general alguma coisa deviam aplaudir; os que não esperam nada deviam patear; mas o provável é que aplaudissem todos, unicamente por este fato: porque era uma ideia.

Mas a falta de dinheiro (*prosa*, em língua púnica) não me permite pôr esta ideia na rua. Sem dinheiro, sem ânimo de o pedir a alguém, e, com certeza, sem ânimo de o pagar, estou reduzido ao papel de espectador. Vou para a turbamulta das ruas e das janelas; perco-me no mar dos incógnitos.

Já alguém me aconselhou que fosse vestido de tabelião. Redargui que tabelião não traz ideia; e depois, não há diferença sensível entre o tabelião e o resto do universo. Disseram-me que tanto há diferença, que chega a havê-la entre um tabelião e outro tabelião.

– Não leu o caso do tabelião que foi agora assassinado, não sei em que vila do interior? Foi assassinado diante de cinquenta pessoas, de dia e na rua, sem perturbação da ordem pública. Veja se há de nunca acontecer coisa igual ao Cantanheda...

– Mas que é que fez o tabelião assassinado?

– É o que a notícia não diz, nem importa saber. Fez ou não fez aquela escritura. Casou com a sobrinha de um dissidente político. Chamou nariz de César à falta de nariz de alguma influência local. É a diferença dos tabeliães da roca e da cidade. Você passa pela Rua do Rosário e contempla a gravidade de todos os notários daqui. Cada um à sua mesa, alguns de óculos, as pessoas entrando, as cadeiras rolando, as escrituras começando... Não falam de política; não sabem nunca da queda dos ministérios, senão à tarde, nos bondes: e ouvem os partidários como os outorgantes, sem paixão, nem por um nem por outro. Não é assim na roca. Vista-se você de tabelião da roca, com um tiro de garrucha varando-lhe as costelas.

– Mas como hei de significar o tiro?

– Isto agora é que é ideia; procure uma ideia. Há de haver uma ideia qualquer que significa um tiro. Leve à orelha uma pena, na mão uma escritura, para mostrar que é tabelião; mas, como é tabelião político, tem de exprimir a sua opinião política. E outra ideia. Procure duas ideias, a da opinião e a do tiro.

Bons dias

Fiquei alvoroçado, o plano era melhor que o outro, mas esbarrava sempre na falta de dinheiro para a berlinda, e agora no tempo para arranjar as ideias. Estava nisto, quando o meu interlocutor me disse que ainda havia ideia melhor.

– Melhor?

– Vai ver: comemorar a tomada da Bastilha, antes de 14 de julho.

– Trivial.

– Vai ver se é trivial. Não se trata de reproduzir a Bastilha, o povo parisiense e o resto, não, senhor. Trata-se de copiar São Fidélis…

– Copiar São Fidélis?

– O povo de São Fidélis tomou agora a cadeia, destruiu-a, sem ficar porta, nem janela, nem preso, e declarou que não recebe o subdelegado que para lá mandaram. Compreende bem, que esta reprodução de 1789, em ponto pequeno, cá pelo bairro é uma boa ideia.

– Sim, senhor, é ideia… Mas então tenho de escolher entre a morte pública do tabelião e a tomada da cadeia! Se eu empregasse as duas?

– Eram duas ideias.

– Com umas brochadas de anarquia social, mental, moral, não sei mais qual?

– Isso então é que era um cacho de ideias… Falta-lhe só a berlinda.

– Falta-me prosa, que é como os soldados de Aníbal chamavam ao dinheiro. *Uba sacá prosa nanupacatu.* Em português: "Falta dinheiro aos heróis de Cartago para acabar com os romanos". Ao que respondia Aníbal: *Tunga loló.* Em português: "Boas noites".

7 DE MARÇO

BONS DIAS!

Pego na pena com bastante medo. Estarei falando francês ou português? O senhor doutor Castro Lopes, ilustre latinista brasileiro, começou uma série de neologismos, que lhe parecem indispensáveis para acabar com palavras e frases francesas. Ora, eu não tenho outro desejo senão falar e escrever corretamente a minha língua; e, se descubro que muita coisa que dizia até aqui não tem foros de cidade, mando esse ofício à fava, e passo a falar por gestos.

Não estou brincando. Nunca comi *croquettes*, por mais que me digam que são boas, só por causa do nome francês. Tenho comido e comerei *filet de boeuf*, é certo, mas com restrição mental de estar comendo *lombo* de vaca. Nem tudo, porém, se presta a restrições; não poderia fazer o mesmo com as *bouchées de dames*, por exemplo, porque bocados de senhoras dá ideia de antropofagia, pelo equívoco da palavra. Tenho um chambre de seda, que ainda não vesti, nem vestirei por mais que o uso haja reduzido a essa simples forma popular a *robe de chambre* dos franceses.

BONS DIAS

Entretanto, há nomes que, vindo embora do francês, não tenho dúvida em empregar, pela razão de que o francês apenas serviu de veículo; são nomes de outras línguas. E todo o mal não é a origem estrangeira, mas francesa. O próprio doutor Castro Lopes, se padecer de *spleen*, não há de ir pedir o nome disto ao general Luculo; tem de sofrê-lo em inglês. Mas é inglês. É assim que ele aprova *xale*, por vir do persa; conquanto, digo eu, a alguns parece que o recebemos de Espanha. Pode ser que esta mesma o recebesse da França, que, confessadamente, o recebeu da Inglaterra, para onde foi das partes do Oriente. *Schawl*, dizem os bretões; a França não terá feito mais que tecê-lo, adoçá-lo e exportá-lo. Deslindem o caso, e vamos aos neologismos.

Cache-nez é coisa que nunca mais andará comigo. Não é por me gabar; mas confesso que há tempos a esta parte entrei a desconfiar que este pedaço de lã não me ficava bem. Um dia procurei ver se não acharia outra coisa, e andei de loja em loja. Um dos lojistas disse-me, no estilo próprio do ofício:

– Igual, igual não temos; mas, no mesmo sentido, posso servi-lo.

E, dizendo-lhe eu que sim, o homem foi dentro, e voltou com um livro português, antigo, e ali mesmo me leu isto, sobre as mulheres persianas: "O rosto, não descobrem nunca fora de casa, trazendo-o coberto com um cendal ou *guarda-cara...*".

– Este guarda-cara é que lhe serve – disse ele.

Cache-nez ou guarda-cara é a mesma coisa: a diferença é que um é de seda e o outro, de lã. É livro de jesuíta, e tem dois séculos de composição (1663). Não é obra de francelho ou tarelo, como dizia o Filinto Elísio.

Sorriu-me a troca, e estive a realizá-la, quando me apareceu o *focáler* romano, proposto pelo senhor doutor Castro Lopes; e bastou ser romano para abrir mão do outro, que era apenas nacional.

O mesmo se deu com *preconício*, outro neologismo. O senhor doutor Castro Lopes compôs este porque, a todos os homens de letras que falam a língua portuguesa, foi sempre manifesta a dificuldade de achar um termo equivalente à palavra francesa *reclame*.

71

MACHADO DE ASSIS

Confesso que não me achei nunca em tal dificuldade, e mais, sou relojoeiro. Quando exercia o ofício (que deixei por causa da vista fraca), compunha anúncios grandes e pomposos. Não faltava quem me acusasse de fazer *reclame* para vender os relógios. Ao que eu respondia sempre:

– Faça-me o favor de falar português. *Reclamo* é o que eu emprego, e emprego muito bem; porque é assim que se chama o instrumento com que o caçador busca atrair as aves; às vezes, é uma ave ensinada para trazer as outras ao laço. Se não quer *reclamo*, use *chamariz*, que é a mesma coisa. E olhe que isto não está em livros velhos de jesuítas, anda já nos dicionários.

Contentava-me com aquilo; mas, desde *preconício*, abri mão de outro termo, que era o nosso, por este alatinado.

Nem sempre, entretanto, fui severo com artes francesas. *Pince-nez* é coisa que usei por largos anos, sem desdouro. Um dia, porém, queixando-me do enfraquecimento da vista, alguém me disse que talvez o mal viesse da fábrica. Mandei logo (há uns seis meses) saber se havia em Portugal alguma *luneta-pênsil* das que inventara Camilo Castelo Branco, há não sei quantos anos. Responderam-me que não. Camilo fez uma dessas lunetas, mas a concorrência francesa não consentiu que a indústria nacional pegasse.

Fiquei com o meu *pince-nez*, que, a falar verdade, não me fazia mal, salvo o suposto de me ir comendo a vista, e um ou outro apertão que me dava no nariz. Era francês, mas, não cuidando a indústria nacional de o substituir, não havia eu de andar às apalpadelas. Vai senão quando vejo anunciados os *nasóculos* do nosso distinto autor. Lá fui comprar um, já o cavalguei no nariz, e não me fica mal. Daqui a pouco, ver-me-ão andar pela rua, teso como um *petit-maitre*... Perdão, petimetre, que é já da nossa língua e o nosso povo.

BOAS NOITES.

19 DE MARÇO

BONS DIAS!

Faleceu em Portugal o senhor Jácome de Bruges Ornelas Ávila Paim da Câmara Ponce de Leão Homem da Costa Noronha Borges de Sousa e Saavedra, segundo Conde da Praia da Vitória, segundo Visconde de Bruges.

Quarta-feira, na igreja do Carmo, diz-se uma missa por alma do ilustre finado, e quem a manda dizer é um seu amigo – nada mais que amigo gratíssimo à memória do finado. Nenhum nome, nada, um amigo; é o que leio nos anúncios.

Quem quer sejas tu, homem raro, deixa-me apertar-te as mãos de longe, e não te faço um discurso para não te molestar; mas é o que tu merecias, e mereces. Singular anônimo, tu perdes um amigo daquele tamanho, e não lhe aproveitas a memória para cavalgá-lo. Não fazes daqueles títulos e nomes a tua própria condecoração. Não chocalhas o finado à tua porta, como um reclamo, para atrair e dizer depois à gente reunida:

– Eu, Fulano de Tal, mando dizer uma missa por alma de meu grande amigo Jácome de Bruges Ornelas Ávila Paim da Câmara Ponce de Leão Homem da Costa Noronha Borges de Sousa e Saavedra, segundo Conde da Praia da Vitória, segundo Visconde de Bruges.

MACHADO DE ASSIS

Mas em que beco vives tu, varão modesto? Onde te metes? Com quem falas? Qual é o teu meio? Com muito menos grandeza, não escapava nem escapa um morto daqueles às celebrações póstumas. Ah (dizia-me um fino repórter, quando faleceu o Barão de Cotegipe), se eu fosse a tomar nota dos mais íntimos amigos do barão, concluiria que ele nunca os teve de outra qualidade. E é assim, nobre anônimo; um morto ilustre é um naco de glória que não se perde; é além disso uma ocasião, e às vezes única, de superar os contemporâneos.

Podia ir quarta-feira à missa, com o fim único de perguntar quem a manda dizer; o sacristão mostrava-te de longe, e eu via-te, conhecia-te; mas não vou, não quero. Prefiro crer que é tudo uma ilusão, uma fantasmagoria, que não existes, que és uma hipótese. Dado que não, ainda assim não quero conhecer-te; a vista da pessoa seria a maior das amarguras. Deixa-me a idealidade; posso imaginar-te a meu gosto, um asceta, um ingênuo, um desenganado, um filósofo.

Não sei se tens pecados. Se os tens, por mortais que sejam, crê que esta só ação te será contada no céu, por todos eles, e ainda ficas com um saldo. Lá estarei antes de ti, provavelmente, e direi tudo a São Pedro, e ele te abrirá largas as portas da glória eterna. Caso não esteja, fala-lhe desta maneira:

– Pequei, meu amado Santo, e pequei muito, reincidi no pecado, como todas as criaturas que lá estão embaixo, porque as tentações são grandes e frequentes, e a vida parece mais curta para o bem que para o mal. Aqui estou arrependido...

– Foste absolvido?

– Não, não cheguei a confessar-me por ter morrido de um acesso *pernicioso fulminante* que o Barão do Lavradio diz não saber o que é.

– Bem, praticaste algum grande ato de virtude?

– Não me lembra...

– Vê bem, o momento é decisivo. A modéstia é bela, mas não deve ir ao ponto de ocultar a verdade, quando se trata de salvar a alma. Estás entre duas eternidades. Deste algumas esmolas?

– Saberá Vossa Santidade que sim.

BONS DIAS

– Que mais?

– Mais nada.

– Foste grato aos amigos?

– Fui, a um principalmente, meu amigo e grande amigo. Mandei-lhe dizer uma missa, no Rio de Janeiro, onde então me achava, quando ele morreu no Funchal.

– Chamava-se na Terra…

– Jácome de Bruges Ornelas Ávila Paim da Câmara Ponce de Leão Homem da Costa Noronha Borges de Sousa e Saavedra, segundo Conde da Praia da Vitória, segundo Visconde de Bruges.

Aqui o príncipe dos apóstolos sorrirá para si, e dirá provavelmente:

–Já sei: convidaste os outros com teu nome por inteiro.

– Não, não fiz isso.

São Pedro incrédulo:

– Como…?… Não…?… Só as iniciais…

– Nem as iniciais; disse só que era um amigo grato ao finado.

– Entra, entra… Como te chamas tu?

– Deixe-me Vossa Santidade guardar ainda uma vez o incógnito.

BOAS NOITES.

22 DE MARÇO

BONS DIAS!

Antes do último neologismo do senhor Castro Lopes tinha eu suspeita, nunca revelada, de que o fim secreto do nosso eminente latinista era pôr-lhe a falar *volapuk*. Não vai nisto o menor desrespeito à memória de Cícero nem de Horácio, menos ainda ao seu competente intérprete neste país. A suspeita vinha da obstinação com que o digno professor ia bater à porta latina, antes de saber se tínhamos em nossa própria casa a colher ou o garfo necessário às refeições. Essa teima podia explicar-se de dois modos: ou desdém (não merecido) da língua portuguesa ou então o fim secreto a que me referi, e que muito bem se pode defender.

Com efeito, no dia em que eu, pondo os meus *nasóculos*, comprar um *focáler* e um *lucivelo*, para fazer *preconício* na *Conção*, se não falar *volapuk*, é que estou falando cartaginês. E, contudo, é puro latim. Era assim até aqui; confesso, porém, que o último neologismo – digo mal –, por ocasião do último galicismo, perdi a suspeita do fim secreto. Dessa vez o autor veio à nossa prata de casa, não lhe tenho pedido outra coisa.

Bons dias

Não há neologismo propriamente, já porque a palavra *desempeno* existia na língua, bastando apenas aplicá-la, já porque no sentido de *à-plomb* lá a pôs no seu dicionário o nosso velho patrício Morais. Contudo, foi bom serviço lembrá-la. Às vezes, uma senhora não sai bem vestida de casa por esquecimento de certa manta de rendas, que estava para um canto. Acha-se a manta, põe-se, a pessoa nada pediu emprestado e sai catita.

Contudo, surge uma dúvida. Hão de ter notado que eu sou o homem mais cheio de dúvidas que há no mundo. A minha dúvida é se, tendo já em casa o *desempeno*, para substituir o *à-plomb*, não será difícil arrancar este galicismo do uso – quando menos do parlamento –, onde ele é empregado em frases como estas: "Mas o *à-plomb* do nobre ministro..." "Não é com esse *à-plomb* insolente de Sua Excelência, é com princípios que se governam as nações..."

Para acudir ao mal, à dificuldade de extrair pela raiz esse dente francês, não poderiam usar a mesma palavra com a forma portuguesa? Se *à-plomb* indica a posição tesa e desempenada da pessoa, dizendo nós *aprumo*, não teremos dado a nossa fisionomia ao galicismo, para incorporá-lo no idioma, já não digo para sempre, mas temporariamente? Deste modo facilitava-se mais a cura, embora fosse mais longa. Desmamava-se o galicismo.

Note-se que não estou inventando nada. Rebelo da Silva, homem de boas letras, escreveu esse vocábulo *aprumo,* e dizem que também anda em dicionários. Lá diz o Rebelo: "Respondendo... com o *aprumo* do homem seguro de ter cumprido, etc., etc.". Vá lá, desmamemos o galicismo, e demos-lhe depois um bom bife de *desempeno*. É verdade que podemos vir a ficar com as duas palavras para a mesma ideia, coisa só comparável a ter duas calças, quando uma só veste perfeitamente um homem.

Mas confiemos no futuro; a *Gazeta*, que tem intenções de chegar ao segundo centenário da Revolução Francesa, aceitará o esforço generoso de alguém que bote o intruso para fora a pontapés. Desconfio que ele já anda em livros de outros autores; mas não afirmo nada, a não ser que, há

muitos anos, quando me encontrava com um saudoso amigo e bom filósofo, dizia-me sempre:

– Então, donde vem com *esse aprumo*?

Tempos! Tempos! O século expira; começo a ouvir a alvorada do outro.

Ecco ridente in cielo
Giá spunta la bella aurora...

BOAS NOITES.

30 DE MARÇO

BONS DIAS!

Quantas questões graves se debatem neste momento! Só a das farinhas de Pernambuco e a da moeda bastam para escrever duas boas séries de artigos. Mas há também a das galinhas de Santos – aparentemente mínima, mas realmente ponderosa, desde que a consideremos do lado dos princípios. As galinhas cresceram de preço com a epidemia, chegando a cinco, e creio que sete mil-réis. Sem isso não há dieta.

De relance, faz lembrar o caso daquele sujeito contado pelo nosso João (veja *Almanaque do velhinho*, ano 5º, 1843), que, dando com um casebre a arder, e uma velha sentada e chorando, perguntou a esta:

– Boa velha, esta casinha é sua?

– Senhor, sim, é o triste buraco em que morava; não tenho mais nada, perdi tudo.

– Bem; deixa-me acender ali o meu cigarro?

E o homem acendeu o cigarro na calamidade particular. Mas os dois casos são diferentes; no de Santos rege a lei econômica, e contra esta não há quebrar a cabeça. Diremos, por facécia, que é acender dois ou três charutos na calamidade pública; mas em alguma parte se hão de acender os charutos. Ninguém obsta a que se vendam as galinhas por preço baixo, ou até por nada, mas então é caridade, bonomia, desapego, misericórdia – coisas alheias aos princípios e às leis, que são implacáveis.

Não examinei bem o negócio das farinhas pernambucanas, mas não tenho medo de que os princípios sejam sacrificados.

Quanto aos das libras esterlinas, não tendo nenhuma no bolso, não me julgo com direito de opinar. Contudo, meteu-se em cabeça que não nos ficava mal possuir uma moeda nossa, em vez de dar curso obrigatório à libra esterlina. Um velho amigo, sabedor destas matérias, acha este modo de ver absurdo; eu, apesar de tudo, teimo na ideia, por mais que me mostrem que daqui a pouco ou muito lá se pode ir embora o ouro, nacional ou não.

Mas, principalmente, o que vejo nisto é um pouco de estética. Tem a Inglaterra a sua libra, a França, o seu franco, os Estados Unidos, o seu dólar, por que não teríamos nós nossa moeda batizada? Em vez de designá-la por um número, e por um número ideal – *vinte mil-réis* –, por que lhe não poremos um nome – cruzeiro – por exemplo? Cruzeiro não é pior que outros, e tem a vantagem de ser nome e de ser nosso. Imagino até o desenho da moeda; e de um lado a efígie imperial, do outro, a constelação... Um cruzeiro, cinco cruzeiros, vinte cruzeiros. Os nossos maiores tinham os dobrões, os patacões, os cruzados, etc., tudo isto era moeda tangível, mas vinte mil-réis... Que são vinte mil-réis? Enfim, isto já me vai cheirando a neologismo. Outro ofício.

Prefiro expandir a minha dor, a minha compaixão... Oh! Mas compaixão grande, profunda, dessas que nos tornam melhores, que nos levantam deste mundo baixo e cruel, que nos fazem compartir das dores alheias. *J'ai mal dans ta poitrine*, escreveu um dia a boa Sevigné à filha adoentada, e fez muito bem, porque me ensinou assim um modo fino e pio de falar ao mais lastimável escrivão dos nossos tempos, ao escrivão Mesquita. *Mesquita j'ai mal dans ta poitrine*

Não te conheço, Mesquita; não sei se és magro, ou gordo, alto ou baixo; mas para lastimar um desgraçado não é preciso conhecer as suas proporções

Bons dias

físicas. Sei que és escrivão; sei que leste o processo *Bíblia*, composto de mil e tantas folhas, em voz alta, perante o tribunal de jurados, durante horas e horas. Foi o que me disseram os jornais, leste e sobreviveste. Também eu sobrevivi a uma leitura, mas esta era feita por outro, numa sociedade literária, há muitos anos; um dos oradores, em vez de versos, como se esperava, sacou do bolso um relatório, e agora o *ouvirás*. Tenho ainda diante dos olhos as caras com que andávamos todos nas outras salas, espiando pelas portas, a ver se o homem ainda lia: e ele lia. O papel crescia-lhe nas mãos. Não era relatório, era solitária; quando apareceu a cabeça, houve um *Te Deum laudamus* nas nossas pobres almas.

O mesmo foi contigo, Mesquita; crê que ninguém te ouviu. Os poucos que começaram a ouvir-te, ao cabo de uma hora, mandaram-te ao diabo, e pensaram nos seus negócios. Mil e tantas folhas! Duvido que o processo Parnell seja tão grosso como o do testamento da Bíblia. A própria Bíblia (ambos os testamentos) não é tão grande, embora seja grande. Não haverá meio de reduzir essa velha praxe a uma coisa útil e cômoda? Aviso aos legisladores.

BOAS NOITES.

20 DE ABRIL

BONS DIAS!

A principal vantagem dos estudos de língua é que com eles não perdemos a pele, nem a paciência, nem, finalmente, as ilusões, como acontece aos que se empenham na política, essa fatal Dalila (deixem-me ser banal), a cujos pés Sansão perdeu o cabelo, e André Roswein, a vida.

– André, tu ainda hás de fazer com que eu acabe os dias num convento – diz Carnioli ao infeliz Roswein.

Nunca repetirei isto ao ilustre latinista, que ultimamente emprega os seus lazeres em expelir barbarismos e compor novas locuções. Língua, tanto não é Dalila, que é o contrário; não sei se me explico. Podemos errar, mas, ainda errando, a gente aprende.

Agora mesmo, ao sair da cama, enfiei um *chambre*. Cuidei estar composto, sem escândalo. Não ignorava (tanto que já o disse aqui mesmo) que aquele vestido, antes de passar a fronteira, era *robe de chambre*; ficou só chambre. Mas, como vinha de trás, os velhos que conheci não usavam outra coisa, e o próprio Nicolau Tolentino, posto que mestre-escola, já o enfiou nos seus versos, pensei que não era caso de o desbatizar. Nunca

Bons dias

mandei embora uma *caleça* só por vir de *calèche*; o mais que faço é não dar gorjeta ao automedonte, vulgo cocheiro.

Imaginem agora o meu assombro, ao ler o artigo em que o nosso ilustre professor mostra, a todas as luzes, que *chambre* é vocábulo condenável por ser francês. Antes de acabar o artigo, atirei para longe o fatal estrangeirismo, e meti-me num paletó velho, sem advertir que era da mesma fábrica. A ignorância é a mãe de todos os vícios.

Continuei a ler, e vi que o autor permite o uso da coisa, mas com outro nome, o nome é *rocló*, "segundo diziam", acrescenta, "os nossos maiores".

Com efeito, se os nossos maiores chamavam de *rocló* ao chambre, melhor é empregar o termo de casa, em vez de ir pedi-lo aos vizinhos. O contrário é desmazelo. Chamei então o meu criado – que é velho e minhoto –, disse-lhe que, daqui em diante, quando lhe pedisse *o rocló*, devia trazer-me *o chambre*. O criado pôs as mãos às ilhargas, e entrou a rir como um perdido. Perguntei-lhe por que se ria, e repeti-lhe a minha ordem.

– Mas o patrão há de me perdoar se lhe digo que não entendo.

Então o *chambre* agora é *rocló?*

– Sim, que tem?

– É que lá na terra *rocló* é outra coisa, é um capote curto, estreito e de mangas. Parece-me tanto com *chambre* como eu me pareço com o patrão, e mais não sou feio…

– Não; é impossível.

– Mas se lhe digo que é assim mesmo; é um capote. Eu até servi a um homem, lá em Lisboa (Deus lhe fale na'alma!), que usava as duas coisas, o *chambre* em casa, de manhã; e, à noite, quando saía a namorar, ia com o seu *rocló* às costas, manguinhas enfiadas.

– Inácio – bradei levantando-me –, juras-me, pelas cinzas de teu pai, que isso é verdade?

– Juro, sim, senhor. O patrão até ofende com isso ao seu velho criado. Pois então é preciso que jure? Ouviu nunca de mim alguma mentira…

Tudo por causa de um *rocló* e de um *chambre*. É coisa certa que a ignorância da língua e o amor da novidade dão certo sabor a vocábulos inventados ou descabidos. Mas como fazê-los, sem citar o depoimento do meu velho minhoto, que não tem autoridade? Estava nisso, quando dei um grito, assim:

– Ah!

Dei o grito. Tinha achado o segredo da substituição do nome. Com efeito, *recló* vem do francês *roquelaure*, designação de um capote. Portugal recebeu da França o capote e o nome, e ficou com ambos, mas foi modificando o nome. Tal qual aconteceu com *robe de chambre*. A mudança proposta agora no artigo a que me refiro ficaria sem sentido, se não fosse intenção do autor, suponho eu, curar a dentada do cão com o pelo do mesmo cão. *Similia simibilbus curantur.*

7 DE JUNHO

BONS DIAS!

Não gosto que me chamem profeta de fatos consumados; pelo que apresso-me em publicar o que vai suceder, enquanto o Conselho de Estado se acha reunido no paço da cidade. Verdade seja, que o meu mérito é escasso e duvidoso; devo o principal dos prognósticos ao espírito de Nostradamus, enviado pelo meu amigo José Basílio Moreira Lapa, cambista, proprietário, pai de um dos melhores filhos deste mundo, vítima do Monte Pio e de um reumatismo periódico.

Lapa está naquele período do espiritismo em que o homem, já inclinado ao obscuro, dispõe de razão ainda clara e penetrante, e pode entreter conversações com os espíritos. Há, entretanto, uma lacuna nessa primeira fase: é que os espíritos acodem menos prontamente, e a prova é que desejando eu consultar Vasconcelos, Vergueiro ou o Padre Feijó, como pessoas de casa, não foi possível ao meu amigo Lapa fazê-las chegar à fala; só consegui Nostradamus. Não é pouco, há mestres que não o alcançariam nunca.

A segunda fase do espiritismo é muito melhor. Depois de quatro ou cinco anos (prazo da primeira), começa a pura demência. Não é vagarosa

MACHADO DE ASSIS

nem súbita, um meio-termo, com este característico: o espírita, à medida que a demência vai crescendo, atira-se-lhe mais rápido. O último salto nas trevas dura minuto e meio a dois minutos. Há casos excepcionais de cinco e dez minutos, mas só em climas frios e muito frios, ou então nas estações invernosas. Nos climas quentes e durante o verão, o mais que se terá visto é cair em três minutos.

Não se entenda, porém, que esta queda é apreciável por qualquer pessoa, só o pode ser por alienistas e de grande observação. Com efeito, para o vulto não há diferença; desde o princípio da alienação mental (isto é, começado o segundo prazo do espiritismo, que é depois de quatro ou cinco anos, como ficou dito), o espírita está perdido a olhos vistos; os atos e palavras indicam o desequilíbrio mental; não há ilusão a tal respeito. Conversa-se com eles; raros compreendem logo em princípio o sol e a lua; mostram-se todos afetuosos, leais e atentos. Mas o transtorno cerebral é claro. Toda a gente vê que fala a doentes.

Entretanto (mistério dos mistérios!), é justamente assim e, principalmente, depois do último salto nas trevas, que os espíritos vagabundos ou penantes acodem ao menor aceno, não menos que os de pessoas célebres, batizadas ou não.

Tem-se calculado que, dos espíritos evocados durante um ano, 28 por cento o foram por espíritas ainda meio sãos (primeira fase): 72 por cento pertencem aos mentecaptos. Alguns estatísticos chegam a conceder aos últimos 79 por cento; mas parece excessivo.

Não importa ao nosso caso a porcentagem exata; basta saber que, para a melhor evocação e mais fácil troca de ideias, é preferível o maníaco ao são, e o doido varrido ao maníaco. Nem pareça isto maravilha: maravilha será, mas de legítima estirpe. Montaigne, muito apreciado por um dos nossos primeiros senadores e por este seu criado, dizia com aquela agudeza que Deus lhe deu: *C'est un grand ouvrier de miracles que l'esprit humain!* Os milagres do espiritismo são tais; a rigor, é o espírito humano que faz o seu ofício.

Bons dias

Eu chegaria a propor, se tivesse autoridade científica, um meio de desenvolver esta planta essencialmente espiritual. Estabelecera por lei os casamentos espíritas, isto é, em que ambos os cônjuges fossem examinados e reconhecidos como inteiramente entrados na segunda fase. Os filhos desses casais trariam do berço o dom especial, em virtude da transmissão. Quando algum, escapando pelas malhas dessa lei natural (todos as têm), chegasse a simples mediocridade, paciência; os restantes, confinando na idiotia e no cretinismo (com perdão de quem me ouve), preparariam as bases de um excelente século futuro.

Venhamos ao nosso Lapa. Evocado Nostradamus, vi claramente o que ele referiu ao evocador. Em primeiro lugar, a maioria do Conselho de Estado é contrária à dissolução da Câmara dos Deputados, que alguns dizem incorretamente (explicou ele) "dissolução das câmaras". Sairá o gabinete de 10 de março. É convidado o senhor Correia, depois o senhor Visconde do Cruzeiro, depois novamente o senhor Correia, e o senhor Visconde de Vieira da Silva. Este, apesar de enfermo, tentará organizar um gabinete que concilie as duas partes do Partido Conservador; não o conseguirá; será chamado o senhor Saraiva, que não aceita, sobe o senhor Visconde de Ouro Preto e estão os liberais de cima.

BOAS NOITES.

13 DE AGOSTO

BONS DIAS!

Dizia-me ontem um homem gordo… para que ocultá-lo?… Lulu Sênior:
— Você não pode deixar de ser candidato à câmara temporária. Um homem dos seus merecimentos não deve ficar à toa, passeando o triste fraque da modéstia pelas vielas da obscuridade. Eu, se fosse magro, como você, é o que fazia, mas as minhas formas atléticas pedem evidentemente o Senado; já irei acabar estes meus dias alegres. Passei o cabo dos quarenta; vou a Melinde buscar piloto que me guie pelo oceano Índico, até chegar à terra desejada…

Já se viam chegados junto à terra,
Que desejada já de tantos fora.

— Bem — respondi eu —, mas é preciso um programa; é preciso dizer alguma coisa aos eleitores; pelo menos de onde venho e para onde vou. Ora, eu não tenho ideias, nem políticas nem outras.
— Está zombando!
— Não, senhor, juro por esta luz que me alumia. Na distribuição geral das ideias… Talvez você não saiba como é que se distribuem as ideias, antes

da gente vir a este mundo. Deus mete alguns milhões delas num grande vaso de jaspe, correspondente às levas de almas que têm de descer. Chegam as almas; ele atira as ideias aos punhados; as mais ativas apanham maior número, as moleironas ficam com um pouco mais de uma dúzia, que se gasta logo, em pouco tempo; foi o que me sucedeu.

– Mas trata-se justamente de suprimi-las; não as ter é meio caminho andado. Tem lido as circulares eleitorais?

– Uma ou outra.

– Aí está por que você anda baldo ao naipe; não lê nada, ou quase nada, os jornais passam-lhe pelas mãos à toa, e quer ter ideias. Há opiniões que eu ouço às vezes, e fico meio desconfiado; corro às folhas da semana anterior, e lá dou com elas inteirinhas, pois as circulares, se nem todas são originais, são geralmente escritas com facilidade, algumas com vigor, com brilho e… Umas falam de ficar parado, outras, de andar um bom pedaço, outras, de correr, outras, de andar para trás…

– Justamente. Que hei de escolher entre tantos alvitres?

– Um só.

– Mas qual?

– De tantos homens que falaram aos eleitores, um só teve para mim a intuição política; "Conhecido dos meus amigos (escreveu o senhor doutor Nobre, presidente da Câmara Municipal), julgo-me dispensado de definir a minha individualidade política". Tem você amigos?

– Alguns.

– Tem muitos. Bota para fora essa morrinha da modéstia. Você não terá ideias, mas amigos não lhe faltam. Eu tenho ouvido coisas a seu respeito que até me admira, é verdade. Já vi baterem-se dois sujeitos por sua causa. Vinham num bonde ao pé de mim. Um disse que o encontrara nesse dia de fraque cor de rapé, o outro que também o vira, mas que o fraque tirava mais a cor de vinho. O primeiro teimou, o segundo não cedeu, até que um deles chamou ao outro pedaço d'asno; o outro retorque-lhe, não lhe digo nada, engalfinharam-se e esmurraram-se à grande. Eu nunca me benzi com um sacrifício destes. Vamos, amigos não lhe faltam.

– Pois sim; e depois?

– Depois é o que escreveu o candidato. Conhecido dos seus amigos, que necessidade tem você de definir-se? É o mesmo que dar um chá ou um baile, e distribuir à entrada o seu retrato em fotografia. Não se explique; apareça. Diga que deseja ser deputado, e que conta com os seus amigos.

– Só isso?

– Ó palerma, eles conhecem-te, mas é preciso visitá-los. A maior parte dos amigos não vota sem visita. A questão é esta? O eleitor tem três fases; está na segunda, em que a cédula é considerada um chapéu que ele não tira sem o outro tirar primeiro o seu chapéu de verdade. Se houver intimidade, ainda podes dizer brincando: "Ó Cunha, tira o chapéu". Mas o teu há de estar na mão.

– Bem, se é só isso, estou eleito.

– Isso, e amigos.

– E amigos, justo.

– Não te definas, eles conhecem-te; procura-os. Quando o filhinho de algum vier à sala, pega nele, assenta-o na perna; se o menino meter o dedo no nariz, acha-lhe graça. E pergunta ao pai como vai a senhora; afirma que tens estado para lá ir, mas as bronquites são tantas em casa... Elogia-lhe as bambinelas. Não ofereças charuto, que pode parecer corrupção; mas aceita-lhe o que ele te der. Se for quebra-queixo, pergunta-lhe interessado onde é que os compra.

– Já se vê, em cada casa a mesma cantilena. Uma só música, embora com palavras diversas. O eleitor pode ser um ruim poeta...

– Justamente; leva-lhe decorado o último soneto, um primor.

– Compreendi tudo. Definição é que nada, visto que são meus amigos. Compreendi tudo. Posso oferecer a minha gratidão?

– Podes; toda a questão é ir ao encontro do sentimento do eleitor, isto é, que ele te faz um favor votando; não escolhe um representante dos seus interesses. Anda, vai-te embora e volta-me deputado.

BOAS NOITES.

22 DE AGOSTO

Quem nunca invejou não sabe o que é padecer. Eu sou uma lástima. Não posso ver uma roupinha melhor em outra pessoa, que não sinta o dente da inveja morder-me as entranhas. É uma comoção tão ruim, tão triste, tão profunda, que dá vontade de matar. Não há remédio para esta doença. Eu procuro distrair-me nas ocasiões; como não posso falar, entro a contar os pingos de chuva, se chove, ou os basbaques que andam pela rua, se faz sol; mas não passo de algumas dezenas. O pensamento não me deixa ir avante. A roupinha melhor faz-me foscas, a cara do dono faz-me caretas...

Foi o que me aconteceu, depois da última vez em que estive aqui. Há dias, pegando numa folha da manhã, li uma lista de candidaturas para deputados por Minas, com seus comentos e prognósticos. Chego a um dos distritos, não me lembra qual, o nome da pessoa, e que hei de ler? Que o candidato era apresentado pelos três partidos, liberal, conservador e republicano.

A primeira coisa que senti foi uma vertigem. Depois, vi amarelo. Depois, não vi mais nada. As entranhas doíam-me, como se um facão as rasgasse, a boca tinha um sabor de fel, e nunca mais pude encarar as linhas da notícia. Rasguei afinal a folha, e perdi os dois itens, mas eu estava pronto a perder dois milhões, contando que aquilo fosse comigo.

Upa! Que caso único. Todos os partidos armados uns contra os outros no resto do Império naquele ponto uniam-se e depositavam sobre a cabeça de um homem os seus princípios. Não faltará quem ache tremenda a responsabilidade do eleito – porque a eleição, em tais circunstâncias, é certa; cá para mim é exatamente o contrário. Deem-me dessas responsabilidades, e verão se me saio delas sem demora logo na discussão do voto de graças.

– Trazido a esta Câmara (diria eu) nos paveses de gregos e troianos, e não só dos gregos que amam o colérico Aquiles, filho de Peleu, como dos que estão com Agamenon, chefe dos chefes, posso exultar mais que nenhum outro, porque nenhum outro é, como eu, a unidade nacional. Vós representais os vários membros do corpo; eu sou o corpo inteiro, completo. Disforme, não; não monstro de Horácio, por quê? Vou dizê-lo.

E diria então que ser conservador era ser essencialmente liberal, e que no uso da liberdade, no seu desenvolvimento, nas suas mais amplas reformas, estava a melhor conservação.

– Vede uma floresta! – exclamaria, levantando os braços. – Que potente liberdade! E que ordem segura! A natureza, liberal e pródiga na produção, é conservadora por excelência na harmonia em que aquela vertigem de troncos, folhas e cipós, em que aquela passarada estrídula, se unem para formar a floresta. Que exemplo às sociedades! Que lição aos partidos!

O mais difícil parece que era a união dos princípios monárquicos e dos princípios republicanos; puro engano. Eu diria: primeiro, que jamais consentiria que nenhuma das duas formas de governo se sacrificasse por mim; eu é que era por ambas; segundo, que considerava tão necessária uma como outra, não dependendo tudo senão dos termos, assim podíamos ter na monarquia a república coroada, enquanto que a república podia ser a liberdade no trono, etc., etc.

Nem todos concordariam comigo; creio até que ninguém, ou concordariam todos, mas cada um com uma parte. Sim, o acordo pleno das opiniões só uma vez se deu abaixo do sol, há muitos anos, e foi na assembleia provincial do Rio de Janeiro. Orava um deputado cujo nome absolutamente

Bons dias

me esqueceu, como o de dois, um liberal, outro conservador, que virgulavam o discurso com apartes – os mesmos apartes. A questão era simples.

O orador, que era novo, expunha as suas ideias políticas. Dizia que opinava por isso ou por aquilo. Um dos apartistas acudia: é liberal. Redarguia o outro: é conservador. Tinha o orador mais este e aquele propósito. É conservador, dizia o segundo, é liberal, teimava o primeiro. Em tais condições, prosseguia o novato, é meu intuito seguir este caminho. Redarguia o liberal: é liberal; e o conservador: é conservador. Durou este divertimento três quartos de colunas do *Jornal do Comércio*. Eu guardei um exemplar da folha para acudir às minhas melancolias, mas perdi-o numa das mudanças de casa.

Oh! Não mudeis de casa! Mudai de roupa, mudai de fortuna, de amigos, de opinião, de criados, mudai de tudo, mas não mudeis de casa!

BOAS NOITES.

29 DE AGOSTO

Hão de fazer-me esta justiça ainda os meus mais ferrenhos inimigos: é que não sou curandeiro, eu não tenho parente curandeiro, não conheço curandeiro, e nunca vi cara, fotografia ou relíquia, sequer, de curandeiro. Quando adoeço não é de espinhela caída – coisa que podia aconselhar-me a curandeira; é sempre de moléstias latinas ou gregas. Estou na regra; pago impostos, sou jurado, não me podem arguir a menor quebra de dever público.

Sou obrigado a dizer tudo isso, como uma profissão de fé, porque acabo de ler o relatório médico acerca das drogas achadas em casa do curandeiro Tobias. Saiu hoje; é um bom documento. Falo também porque outras muitas coisas me estimulam a falar, como dizia o curandeiro-mor, Mal das Vinhas, chamado, que já lá está no outro mundo. Falo ainda porque nunca vi tanto curandeiro apanhado – o que prova que a indústria é lucrativa.

Pelo relatório se vê que Tobias é um tanto *monsieur* Jourdain, que falava em prosa sem o saber; Tobias curava em línguas clássicas. Aplicava, por exemplo, *solanum argentum*, certa erva, que não vem com outro nome, possuía uns cinquenta gramas de *aristolochia appendiculata*, que dava aos clientes; é a raiz de mil-homens. Tinha, porém, umas bugigangas curiosas,

BONS DIAS

esporões de galo, pés de galinha secos, medalhas, pólvora e até um chicote feito de rabo de raia, que eu li rabo de saia, coisa que me espantou, porque estava, estou e morrerei na crença de que rabo de saia é simples metáfora. Vi depois o que era rabo de raia. Chicote para quê?

Tudo isto, e ainda mais, foi apanhado ao Tobias, no que fizeram muito bem, e oxalá se apanhem as bugigangas e drogas aos demais curandeiros, e se punam estes, como manda a lei.

A minha questão é outra, e tem duas faces.

A primeira face é toda de veneração; punamos o curandeiro, mas não esqueçamos que a curandeira foi a célula da medicina. Os primeiros doentes que houve no mundo ou morreram ou ficaram bons. Interveio depois o curandeiro, com algumas observações rudimentárias, aplicou ervas, que é o que havia à mão, e ajudou a sarar ou a morrer o doente. Daí vieram andando, até que apareceu o médico. Darwin explica por modo análogo a presença do homem na Terra. Eu tenho um sobrinho, estudante de medicina, a quem digo sempre que o curandeiro é pai de Hipócrates, e, sendo o meu sobrinho filho de Hipócrates, o curandeiro é avô do meu sobrinho; se descubro agora que vem a ser meu tio – fato que eu neguei a princípio. Também não borro o que lá está. Vamos à segunda face.

A segunda é que o espiritismo não é menos curanderia que a outra, ou é mais grave, porque, se o curandeiro deixa os seus clientes estropiados e dispépticos, o espírita deixa-os simplesmente doidos. O espiritismo é uma fábrica de idiotas e alienados, que não pode subsistir. Não há muitos dias deram notícia as nossas folhas de um brasileiro que, fora daqui, em Lisboa, foi recolhido em Rilhafoles, levado pela mão do espiritismo.

Mas não é preciso que deem entrada solene nos hospícios. O simples fato de engolir aqueles rabos de raia, pés de galinha, raiz de mil-homens e outras drogas vira o juízo, embora a pessoa continue a andar na rua, a cumprimentar os conhecidos, a pagar as contas, e até a não pagá-las, que é meio de parecer ajuizado. Substancialmente é homem perdido. Quando eles me vêm contar uns ditos de Samuel e de Jesus Cristo, sublinhados de filosofia de armarinho, para dar na perfeição sucessiva das almas, segundo estas mesmas relatam a quem as quer ouvir, palavra que me dá vontade de chamar a polícia e um carro.

Os espíritas que me lerem hão de rir-se de mim porque é balda certa de todo maníaco lastimar a ignorância dos outros. Eu, legislador, mandava fechar todas as igrejas dessa religião, pegava dos religionários e fazia-os purgar espiritualmente de todas as suas doutrinas; depois, dava-lhes uma aposentadoria razoável.

BOAS NOITES.

FIM